D1717629

Edition Rugerup

Magnus Florin

Zirkulation

Aus dem Schwedischen von
Benedikt Grabinski

Einbandbild:

Copyright © Magnus Florin, 2001
First published by Albert Bonniers Förlag, Stockholm, Sweden.
Published in the German language by arrangement with
Bonnier Group Agency, Stockholm, Sweden.

Der Verlag dankt für die freundliche Unterstützung
durch Statens Kulturråd, den schwedischen Kulturrat.

Die Arbeit des Übersetzers am vorliegenden Text
wurde vom Deutschen Übersetzerfonds und dem
Europäischen Übersetzerkollegium Straelen gefördert.

Der Übersetzer dankt Prof. Peter Nippel und Nils Podlech für die
Hilfe in Fragen des Bank- und Finanzwesens, Dr. Harald Berger für
die Hilfe bei Begrifflichkeiten der Festigkeitslehre, Jörg Thien vom
Schreibmaschinenmuseum Wattens, Jörg Müller vom Museum für
historische Bürotechnik Naunhof und Anders Lindeberg-Lindvet vom
Technischen Museum Stockholm für die Hilfe bei der Übersetzung
technischer Fachbegriffe sowie Prof. Klaus Böldl, Karl-Axel Daude
und Ina Kronenberger für weitere wertvolle Anmerkungen.

Erste Auflage 2014
Alle Rechte der deutschen Ausgabe
© 2014 Edition Rugerup
Berlin/Hörby, Schweden
Satz: Edition Rugerup
Einbandgestaltung: Johan Laserna, Torna Hällestad
Druck und Bindung: ScandBook, Falun
Printed in Sweden
ISBN: 978-3-942955-45-4
www.rugerup.de

Zirkulation

Es war ein Holzfußboden. Wie kann sich ein Holzfußboden bis zur Bank erstrecken?

Anfang Frühling. Ich erbte eine Münze meiner Großmutter. Eine Kupfermünze, die ich hoch in die Luft warf und wieder auffing.

Ich setzte mich auf den Fußboden, schabte mit einem Messer im Grünspan und sah den Wert. Fünf Öre.

Ich befeuchtete die Münze mit Speichel und rieb sie am Hemdsärmel. Wurde sie blanker? Ja, sie wurde blanker.

Ich stellte die Münze auf die Kante und ließ sie eine Weile so stehen. Schnippte sie dann mit dem Finger weg.

Sprang sie davon? Ja, sie sprang davon. Fiel sie in eine Spalte zwischen zwei Dielen und verschwand? Nein, sie rollte über den Boden, dessen Dielen entlang.

Es war ein Haus. Dann eine Allee, fort von dem Haus.

Ich fragte:

„Warum wird das Haus verkauft?"

Der Makler:

„Nun, das Haus wird verkauft, um die Schulden aus dem Nachlass zu decken."

Ich erbte Großvaters Abendgarderobe. Ich sah ihn vor mir in seinem schwarzen Frack mit Seidenrevers. Die schwarzen Hosen mit Seidenbiesen. Weiße Hosenträger, weiße Weste, weißes Hemd, weiße Schleife, Manschettenknöpfe aus Silber, schwarze Strümpfe und schwarze Schuhe. Mein Großvater.

Frühherbst. Die Spekulanten gingen in unserem Haus umher. Äpfel hingen in den Apfelbäumen im Garten. Ich übergab dem Makler die Schlüssel. Die Spekulanten begutachteten Tapeten, Sockel und Leisten. Ich zog Großvaters Frack an. Die Spekulanten bissen in die Äpfel. In der Innentasche fand ich einen Zettel, beschrieben mit ein paar Zeilen. Es war die Adresse des Bruders meines Großvaters. Meines Großonkels von der Bank.

Der Makler sagte:
„Das Haus ist verkauft."

Ich verließ das Haus, in meinen Frack gekleidet. Ich wanderte durch die Landschaft. Kragsta. Sävja. Tjusta. Niemand begleitete mich auf meinem Weg. Kinder lachten und warfen Steine nach mir. Ich wurde mit jedem Kilometer ärmer.

Mehrfach drehte ich mich um und blickte zurück zu dem Haus, in dem ich gewohnt hatte. Ich stellte mir vor, wie die neuen Bewohner das Laub im Garten rechten. Wie sie es zu kleinen Haufen sammelten und verbrannten.

Es war nicht schön, zu gehen und zu gehen. Fredrikslund. Kolhammar. Haknäs. Nur der Staub des Weges und trockenes Gras. Keine Häuser mehr. Kalt. Kalter Regen. Pfützen. Matsch. Ich ging weiter, klein und müde im Regen.

Ein Radfahrer kam, und ich dachte mir, ich könnte auf dem Gepäckträger sitzen, wagte aber nicht zu fragen. Ein Auto kam, und ich dachte mir, ich könnte ein Stückchen mitfahren, wagte aber nicht zu fragen.

Ich trug einen Umschlag mit Fotografien aus Minnesota bei mir.

Viele Tage gingen hin. Viele Kilometer. Steninge. Lindö. Molnby. Dinge widerfuhren mir unterwegs. Angebote. Willst du etwas kaufen? Willst du etwas verkaufen?

Felder zu allen Seiten. Über eine Brücke über einen Fluss. Eine Allee entlang. Skogberga. Väddesta. Durch den dunklen Wald. Keinen Vater, keine Mutter. Keinen Onkel, keine Tante. Keinen Bruder, keine Schwester. Keine Verwandte.

Ich kam an. Abend und Sonnenuntergang. Ich schlief zwischen den Katzen auf dem Hinterhof der Bank. Krähen wüteten. Sie schrien um die Wette. Ich wurde geweckt und lag lange wach, zog mich in einen Schuppen zurück und schlief wieder ein.

Die Krähen tappten über das Dach des Schuppens, in dem ich schlief. Die Katzen miauten davor. Ich legte eine Hand unter die Wange und schlief die ganze Nacht.

Morgengrauen. Ich wachte auf, trat aus dem Schuppen und sah die Krähen in alle Richtungen verschwinden. Sie würden wohl auf den Feldern Futter sammeln.

Zuerst war nur der Hausmeister in der Bank. Ich schritt durch das hohe Portal. Der Hausmeister stand in seinem Verschlag hinter seiner Luke. Er sagte:

„Der alte Direktor ist doch tot."

Ich schlief drei Nächte zwischen Katzen und Krähen auf dem Hinterhof der Bank. Schritt dann wieder durch das hohe Portal, querte die Vorhalle und stieg die Marmortreppe hinauf in den Kassensaal. Ich sah die Locher, Stifte, Stempel und Stempelkissen. Die Tintenfässer, die ihren zähen Geruch abgaben. Ich hörte die Geräusche von dem Gebrauch der Stempel, der Schreib- und Sprossenradmaschinen.

Ich stieg noch eine weitere Treppe hinauf, zur Direktionsetage, und fand das Büro des Direktors. Die Tür stand offen. Ich trat über die Schwelle. Er saß an seinem Schreibtisch. Ich rührte mich nicht. Er hob den Blick. Er sah mich still dastehen, wartend, unruhig in meinem Frack. Ich sagte:

„Ich bin ein Verwandter des früheren Direktors."

Der Erste Kämmerer fragte mich:

„Was willst du? Wieso bist du hier? Bist du Volontär? Bist du Praktikant?"

Er zeigte mir:

„Hier ist die alte Kassentruhe. In der war früher das ganze Geld. Du kannst in einem kleinen Zimmer im Keller wohnen. Einem dunklen, kleinen Zimmer, das sonst nur von der Bankrevision bei ihren Inspektionen genutzt wird. Vielleicht wird der Glanz der Bankrevision den Raum auch erfüllen, wenn er von einem wie dir bewohnt wird?"

Ich:

„Wie wird man Bankbeamter?"

Er:

„Es steht dir nicht zu, mir so eine Frage zu stellen."

Er setzte sich an seine Schreibmaschine. Smith Premier. Er wechselte das Farbband und gab acht, sich die Fingerspitzen nicht schmutzig zu machen. Er spannte ein Blatt in den Wagen und schrieb. Er nahm das Blatt heraus und hielt es mir hin:

„Geh jetzt zur Direktionssekretärin.“

Ich sah eine Münzsammlung, sämtliche Münzen umfassend, die seit der Gründung der Bank im Lande erschienen waren. Ich sah ein Sofa aus dunklem Holz und schwarzgrünem Leder.

Die Direktionssekretärin rief mich herein:

„Ich glaube, es gibt nicht so viel zu erklären. Du lernst nach und nach und verstehst, was zu tun ist.“

Sie steckte ein Blatt Papier in ihre Schreibmaschine. Halda Norden. Sie schrieb etwas auf das Blatt, zog es heraus und hielt es mir hin:

„Jetzt gehst du hinunter zur Hausmeisterei.“

Der Erste Kämmerer war so groß. Er beugte sich über seine Untergebenen.

Ich blickte durch die Luke in die Hausmeisterei, wurde gesehen und hineingerufen.

Der Hausmeister:

„Normalerweise schicken sie mir Leute, die etwas größer sind. Aber das wird schon gehen.“

Er beobachtete das eintretende Personal durch die Luke und machte Notizen.

„Manche kommen zu spät. Andere gehen zu früh.“

Er öffnete die Türen eines großen Schrankes. Eines Kleiderschrankes. Er holte Bügel mit Kleidern heraus, hielt sie mir an und nahm Maß. Hängte zurück, holte neue heraus und nahm wieder Maß.

„Bist du ein Verwandter des früheren Direktors? Wie bist du hier-
hergekommen? Bist du so eine Art Auskultant? Du trägst einen Frack.
Der hat hier nichts zu suchen. Botendienste in der Stadt erledigst du
in dunkelblauer Uniform. Im Kassensaal trägst du graue Uniform mit
Stehkragen und Messingknöpfen."

Er hängte einige Bügel mit Kleidern zurück, nahm weitere heraus,
hielt sie mir erneut an und wählte eine graue Uniform und eine blaue:

„Das sind deine. Du beginnst den Tag damit, die Bleistifte zu spitzen
und die Kachelöfen zu befeuern. Sind die Tintenfässer nur noch viertel voll, müssen sie geleert, ausgewaschen und mit neuer Tinte gefüllt
werden. Jeden Tag sauberes Löschpapier. Die Skontrobücher müssen
morgens hingestellt und abends eingesammelt werden."

Ich:

„Ich glaube schon, dass ich lernen kann, was ich jetzt noch nicht
ganz beherrsche."

Er:

„Vielleicht willst du einfach direkt meinen Posten übernehmen?"

Er spannte ein Blatt Papier in den Wagen seiner Schreibmaschine.
Woodstock.

„Schau dich ruhig um. Es ist alles gemütlich eingerichtet. Die Gas-
leitung wurde schon früh verlegt. Zur Hausmeisterei führen elektrische Klingelleitungen vom Direktor, der Direktionssekretärin und dem
Ersten Kämmerer. Donnerstags kommen die Madeira-, Cognac- und
Likörlieferungen. Freitags zahlen wir das Schießgeld für die Krähen
aus. Die Burschen kommen mit den Krähenknochen her und zeigen
sie vor. Zwanzig Öre pro Krähe. Wertsendungen versicherst du durch
einen Vermerk in einem speziellen Buch. Vormittags machst du eine
Runde und nimmst die Bestellungen für das Mittagessen auf. Manche
wollen Weißbrot mit Käse, andere wollen Kopenhagener. Du kannst
deine Brote auf der Treppe runter zum Archiv und den Toiletten
essen."

Er schrieb einige Zeilen, zog das Papier heraus und hielt es mir hin:

„Hier hast du meine Bescheinigung, aus der hervorgeht, dass du in der Hausmeisterei angestellt bist. Schau im Schrank nach, ob es da nicht noch Alltagskleidung gibt, die du in deiner Freizeit anziehen kannst. Es waren schon viele vor dir hier und haben etwas dagelassen. Man findet immer etwas, das passt."

Es war Abend und fast Nacht. Ich ging mit dem Hausmeister durch die Bank. Er löschte die Lampen, Raum für Raum. Mit jedem verdunkelten Raum strahlten die Lampen der beleuchteten Räume heller.

Ich:

„Was ist der Verwaltungsrat?"

Er:

„Der Verwaltungsrat der Bank hat vierzehn Mitglieder."

Raum für Raum verdunkelte er. Wir kamen in den Raum des Verwaltungsrats. Den letzten Raum. Dessen Lampen leuchteten grell. Er:

„Der Verwaltungsrat hat wenig Bedeutung. In den wichtigeren Angelegenheiten entscheidet der geschäftsführende Direktor selbst."

Eine Reihe von Ölporträts hing an den Wänden. Bronzebüsten standen auf Postamenten. Er:

„Das ist der Gründer der Bank und das die lange Reihe der Vorsitzenden und Direktoren seit der Gründung."

Er schlenderte mit den Händen auf dem Rücken um den großen Tisch herum.

„Siehst du, dass die Stühle des Vorsitzenden und des stellvertretenden Vorsitzenden höher sind als die anderen Stühle? Und siehst du, dass der Stuhl des Vorsitzenden höher ist als der Stuhl des stellvertretenden Vorsitzenden? Siehst du, dass die anderen Stühle nummeriert sind, sodass jeder Einzelne an seinem festen Platz sitzt, zugeteilt nach Eintrittsjahr, mit Ausnahme des Stuhles des geschäftsführenden Direktors, der dem Stuhl des Vorsitzenden genau gegenübersteht? Und siehst du am Platz des Vorsitzenden das Hämmerchen aus Silber mit dem Bankgesetzbuch als Unterlage?"

Er stellte sich hinter den Stuhl des Vorsitzenden, nahm das Hämmerchen und hielt es mir hin.

„Siehst du, wie die Namen aller Vorsitzenden über die Jahre hinweg auf dem Griff des Hämmerchens eingraviert wurden?"

Er zog den Stuhl des Vorsitzenden heraus, setzte sich, lehnte sich zurück, gähnte und tat, als zündete er sich eine Zigarre an.

„Nach dem Verwaltungsratsdiner pflegen manche Verwaltungsratsmitglieder noch ein Weilchen zu bleiben und Karten zu spielen. Einmal durfte ich mitspielen."

Er strich mit den Händen andächtig über den Tisch.

„Weißt du, was Geld ist? Vieles wäre besser auf dieser Welt, wenn alle wüssten, was Geld ist. Horch. Hörst du?"

Ich blickte hinüber zu der dunkelbraunen Standuhr in der Ecke. Deren Zeiger aus Eisen. Der Hausmeister wiegte den Kopf, vor und zurück:

„Tick, tack, tick, tack. Wenn man die Klappe zum Uhrwerk öffnet, findet man auf der Innenseite eine Abschrift der ersten Satzung des Verwaltungsrates der Bank."

Er gähnte wieder.

„Jetzt weißt du alles. Jeden Abend schließt du der Putzfrau auf, und nachts meldest du dich bei der Nachtwache."

Spätherbst. Ich ging zum Ersten Kämmerer und nahm meinen ersten Lohn entgegen. Er schrieb und las in seinen Papieren. Ich sagte:

„In der Schule war Rechnen mein allerbestes Fach."

Er:

„Du bist in die Schule gegangen. Du hast dich gemeldet. Du hast geantwortet. Du hast Lieder gesungen und Lob erhalten. Aber du wirst noch zu der Erkenntnis kommen, dass es in einer Bank nicht ums Rechnen geht."

Papierträgerwagen mit Schreibwalze, Anschlagmechanismus mit Tastatur, Typenhebel mit Typen, Einfärbevorrichtung und Walzendrehknopf. Randauslöser, Zeilenvorschub, Tabulatortaste, Umschaltfeststeller, Umschalttaste und Rücktaste. Schrittschaltung für die sukzessive seitliche Versetzung des Wagens.

Der Erste Kämmerer stand schräg hinter mir. Ich drehte mich um. Er sagte:
„Erledigst du deine Aufgaben? Ich kenne deinesgleichen und habe ein Auge auf dich."

Der Hausmeister:
„Wenn du einen Botendienst erledigst und dir mit dem Wechselgeld etwas dazu verdienen willst, dann behalte es nicht einfach ein. Da werden die Leute sauer. Man muss Wechselgeld so gestückelt herausgeben, dass es dem Kunden leichtfällt, ein Trinkgeld zu gewähren. Gib kein Fünfzigörestück zurück. Gib zwei Fünfundzwanzigörestücke zurück. Dann bekommst du das eine Fünfundzwanzigörestück wieder."

Ich ging mit einem Anliegen zum Direktor. Mit was für einem Anliegen? Einem kleinen Anliegen. Ich fragte:
„Wo kommt das Geld her?"
Der Direktor:
„Aus den Wüsten der Sahara. Aus der Südsee."
Er öffnete eine kleine Blechdose, die auf seinem Schreibtisch stand, und nahm eine Münze aus Gold und eine Münze aus Silber heraus. Ich durfte sie in der Hand halten. Er sagte:
„Sie sind nicht anders als Küchenutensilien."

Der Hausmeister zeigte mir:

„Hier sind Fotografien vom Bau der Bank. Nur ein paar Bretter und Nägel. Und nun ist es die Bank."

Ich bekam vom Ersten Kämmerer meinen zweiten Lohn. Er sagte:

„Du wirst nun an den Kassenschalter versetzt und deinen Dienst unter dem Hauptschatzmeister tun."

Der Hausmeister führte mich zur Ersten Kassenprüferin. Ich sah, wie flink sie Quittungen und Sparbücher bearbeitete. Sie unterbrach ihre Arbeit und musterte mich:

„Bist du ein Lehrling? Ich wurde am Schartaus Handelsinstitut ausgebildet. Ich war drei Jahre lang Anwärterin, dann außerordentliche Mitarbeiterin, dann ordentliche Mitarbeiterin. Hast du irgendeine Ausbildung?"

Ich:

„Aber woher weiß man, was Geld wert ist?"
Der Direktor:

„Man weiß doch, dass eine einzige Krone weniger wert ist als zwei Kronen."

Der Hausmeister:

„Die Zweite Kassenprüferin ist die Enkelin des früheren Direktors."

Dezember. In der Direktionsetage sah ich einen Tisch mit schwarzer Marmorplatte, auf welcher ein mächtiges Gefäß aus blauem Porzellan stand. Ich hob es mit beiden Händen an und las auf dessen Unterseite.

Ein Geschenk der Porzellanfabrik Gefle. Die Direktionssekretärin sagte freundlich zu mir:

„Du siehst so heimatlos aus. Hast du niemanden hier in der Stadt, der dir nahesteht?"

Die Zweite Kassenprüferin legte Scheine bündelweise in ein amerikanisches Geldtischchen mit einer Haube aus perforiertem Blech.

Sie:

„Hast du dein Mittagessen schon gegessen? Wir haben einen Wärmeschrank, mit dem wir Essen warm halten können. Wir bestellen von Blomstergården."

Ich:

„Woran arbeitest du gerade?"

Sie:

„Ach, das sind nur die Postremisswechsel."

Ich sagte zur Direktionssekretärin:

„Ich weiß, dass ich nichts weiß über die Bank. Aber ich glaube, dass ich mit jedem Tag, den ich hier bin, mehr von der Bank verstehen werde."

Die Direktionssekretärin:

„Jeder weiß doch irgendwas, aber niemand kann alles wissen, und niemand darf alles wissen. Viele Dinge sind vertraulich. Ich muss immer darauf achten, das Farbband der Schreibmaschine nach dem Abtippen geheimer Unterlagen abzuschneiden."

Die Zweite Kassenprüferin:

„Hast du den Kükenkurs schon gemacht?"

Ich:

„Was ist das?"

Sie:

„Das ist der Einführungskurs für Neueingestellte. Ich musste ein Jahr warten, bis ich in den Kükenkurs gehen konnte, und da war es schon nicht mehr nötig."

Neujahr. Die Direktionssekretärin:
„Frohes neues Jahr."
Ich dankte. Sie:
„Nun musst du mir auch ein frohes neues Jahr wünschen. Ich glaube, es wird ein gutes Jahr für dich. Man muss nur Vorsätze fassen. Hast du irgendwelche Vorsätze gefasst? Man darf auch Hoffnungen haben. Hast du irgendwelche Hoffnungen? Aber pass auf. Sag sie nicht laut. Sonst erfüllen sie sich nicht."

Ich fand die Zweite Kassenprüferin sofort hübsch.

Zwischen Büros und Kassensaal war eine Marmortheke, versehen mit einer Trennwand aus milchigem Glas, eingefasst in Stahl. Der Darlehenskämmerer stand an einem hohen Pult. Er trug einen Anzug aus schwarzem Satin und Schutzärmel bis hoch zu den Ellenbogen, um sich die Manschetten nicht schmutzig zu machen. Runde Brillengläser. Weißer Vatermörder mit spitzen Ecken. Straff gebundener Schlips mit schiefem Knoten.

Die Zweite Kassenprüferin:
„Wir sind die Innenseite der Bank. Auf der anderen Seite der Schalter sind die Kunden. Sie sind die Außenseite der Bank."
Ich sah auf der Innenseite die Telefone, Stempel, Briefablagen und Additionsmaschinen. Ich sah auf der Seite der Kunden drei Lehnstühle und einen Spucknapf.

Sie:

„Es wird auf verschiedenste Konten eingezahlt. Kapitalkonten, Depositenkonten, Sparkonten, Girokonten, Postremisskonten, Wechselkonten, Darlehenskonten und Kassenkreditkonten."

Ich:

„Wir sind verwandt. Ich bin der Enkel des Bruders des Vaters deiner Mutter."

Kalt. Schnee. Kalt.

Die Zweite Kassenprüferin:

„Der Erste Kämmerer ist nicht sehr nett."

Der Direktor:

„Wenn jemand mit einem Goldbarren zu dir kommt und diesen beleihen lassen möchte, was tust du dann?"

Ich:

„Vielleicht frage ich jemanden mit mehr Erfahrung?"

Der Direktor:

„Man hat nicht immer jemanden bei der Hand. Manchmal musst du als Bankangestellter selbst die richtige Entscheidung treffen. Dann musst du der Person in die Augen sehen. Begegnet sie dir mit einem klaren, offenen Blick, kannst du ihr ruhig das Geld geben und ihren Goldbarren in den Keller bringen."

Ich:

„Gibt es Goldbarren im Keller?"

Er:

„Ich mache bloß ein bisschen Spaß. Weißt du, dass die Gefühle des Menschen immer tief berührt werden, wenn man über Geld spricht?"

Sonntag. Klare, kühle Luft. Neuschnee. Sonne. Das Personal auf einem Skiausflug mit dem Direktor. Ich hatte mir Skier und Rucksack vom Hausmeister geliehen.

Die Zweite Kassenprüferin lief gut Ski. Besser als ich. Aber ich schloss zu ihr auf. Wir blieben in der Loipe stehen und sie teilte ihre mitgebrachte Apfelsine und eine Handvoll Rosinen mit mir.

Der Erste Kämmerer:

„Abweichungen werden nicht toleriert. Unstimmigkeiten werden bis zur letzten Öre zurückverfolgt."

Ich fragte den Hausmeister:

„Warum sollen die Krähen abgeschossen werden?"

Der Hausmeister:

„Mistkrähen. Die Burschen sagen, dass die Krähen das Pulver riechen. Sie warnen einander und machen sich davon, noch bevor der erste Schuss losgegangen ist."

Die Zweite Kassenprüferin:

„Bin ich die Enkelin des Bruders deines Großvaters? In welchem Verwandtschaftsverhältnis stehen wir dann zueinander? Sind wir Großvetter und Großbase? Heißt das so?"

Ich sortierte Scheine und Münzen. Ich schichtete die Münzen zu Türmchen und sammelte die Türmchen in kleinen Röhrchen. Ich bündelte die Scheine und schlug Bänder drumherum.

Der Darlehenskämmerer unterwies mich mit langsamer und fester Stimme, damit ich mir einprägen konnte, was er sagte:

„Geschäftskunden sind feiner als Privatkunden, abgesehen von jenen Fällen, in denen Letztere sehr vermögend sind. Auszahlung ist feiner als Einzahlung. Verstehst du?"

Der Hauptschatzmeister:

„Es gibt vieles in der Welt, das besser ist als Geld. Aber man muss bezahlen, um es zu kriegen."

Die Zweite Kassenprüferin:

„Weißt du denn schon irgendetwas? Du wirkst immer noch so neu."

Ich:

„Frag mich etwas."

Sie:

„Also, kannst du mir sagen, was mit dem Begriff ‚Kredit' gemeint ist?"

Ich:

„Ich glaube, das ist das Recht, eine gewisse Zeit lang über einen gewissen, geliehenen Geldbetrag zu verfügen?"

Ich kontrollierte mit dem Darlehenskämmerer die Darlehensposten. Er schlief ein. Ich weckte ihn. Er arbeitete eine Weile und schlief wieder ein. Ich weckte ihn, er wachte auf und schlief wieder ein.

Ich weckte ihn. Er sah mich an:

„Ich will meine Zeit nicht mit diesen unzähligen Bürgschaftsdarlehen für Bauern verschwenden. Die werfen alles für ihre miefenden Hühnerställe und ihre Ziegen raus, die offenbar auch irgendwo wohnen sollen."

März. Sonntagsspaziergang des Personals. Ich ging ein Stück mit dem Direktor. Er:

„Nun bist du schon ein Weilchen bei uns. Hast du dir ein Bild von der Arbeit gemacht? Weißt du, was eine Bank ist?"

Ich fragte den Hauptschatzmeister:

„Wie ist das eigentlich? Ist der Goldmünzfuß abgeschafft?"

Der Hauptschatzmeister:

„Der Goldmünzfuß war abgeschafft, aber er ist wieder eingeführt worden."

Die Zweite Kassenprüferin hieß Elin.

Der Direktor:

„So wie das Herz die Funktion hat, den Kreislauf des Blutes, das vom Herzen weg durch den menschlichen Körper und dann wieder zurück zum Herzen fließt, zu regulieren, so haben die Banken die wichtige Aufgabe, den Kreislauf des eingezahlten und ausgezahlten Geldes zu regulieren."

Ich fühlte mich wohl in meiner kleinen Unterkunft im Keller der Bank. Ich kaufte mir eigene, neue Freizeitbekleidung, Unterwäsche, Schuhe, einen Mantel, Handschuhe, Halstuch und Hut. Elin merkte, dass ich mich einkleidete.

Der Erste Kämmerer:

„Nein, du wirst nicht lange hierbleiben. Ich habe viele deines Schlages kommen und gehen sehen."

Ich:

„Was kann ich zusätzlich tun?"

Elin:

„Du kannst immer Darlehens- und Wechselzinsen berechnen und die Auslandsschecks bearbeiten."

Ich ging während meiner Pause umher. Ich sah die Perforiermaschinen.

Elin:

„Kümmer dich nicht um den Ersten Kämmerer. Er ist adelig und war Oberst beim Militär. Er sagt, er sei an Sundsvalls Handelsinstitut ausgebildet worden. Er soll zur Kontrolle nachrechnen. Aber er rechnet nie etwas anderes nach als seinen eigenen Lohn."

Der Hausmeister:

„Ich habe eine Beförderung beantragt. Ich bin es leid, hier in der Bank immer auf demselben Posten zu sitzen."

Elin:

„Die Briefe werden mit Anilin geschrieben und in das Buch mit den nummerierten, durchsichtigen rosa Seiten kopiert. Du legst den Brief unter die Seite. Über die Seite ein Löschblatt, das du zuerst kräftig mit einem Schwamm befeuchtest. An dem Drehkreuz ordentlich zuschrauben. Dann kannst du den Abdruck lesen. Versuch es, dann wirst du es sehen."

Es gab einen Gewölbekämmerer. Er war gekleidet wie der Darlehenskämmerer.

Ich verließ die Bank in der Dämmerung und folgte den Krähen hinaus auf die Felder. Ich sah, wie sich die Krähen der Würmer bemächtigten, die der Pflug des Bauern zutage gefördert hatte.

Ich saß im Büro und zählte Scheine. Ich hielt einen Schein gegen das Licht und besah ihn.

Der Hauptschatzmeister:

„Ich habe auch schon dagesessen wie du jetzt und mich gefragt, wo dieser oder jener zerknitterte Schein schon überall gewesen sein mag."

Der Gewölbekämmerer:

„Ich bin die meiste Zeit im Tresorgewölbe. Komm bei Gelegenheit mal runter, dann können wir ein bisschen plaudern."

Ich:

„Wenn mal etwas Zeit ist, dann komme ich gerne runter ins Gewölbe."

Ich fragte den Hauptschatzmeister:

„Es wäre doch sicher unrichtig, die Bank Geld vermitteln zu lassen, das von etwas Ungesetzlichem herrührt? Wie kann man wissen, welches Geld auf Gesetzesverstöße zurückgeht?"

Der Hauptschatzmeister:

„Du missverstehst die Natur des Geldes. Wenn ich dir Geld stehle und einem Händler etwas abkaufe, und dieser Händler kauft dann einem anderen Händler etwas ab, dann ist es nicht so, dass das Gesetz, wenn es den Diebstahl aufdeckt, versuchen würde, den Weg des Geldes zurückzuverfolgen und es von dem letzten Händler zurückzufordern."

Ich:

„Aber wieso nicht?"

Er:

„Weil es nicht mehr dasselbe Geld ist."

Die Erste Kassenprüferin:

„Der Gewölbekämmerer kann manchmal ein wenig zudringlich wirken. Aber er meint es nicht böse. Er ist vermutlich einfach nur etwas nervös veranlagt."

Die Marmortreppe der Bank hinauf und hinunter bewegten sich Scheine und Münzen. Alle halfen mit. Die Kunden. Das Personal.

Der Hausmeister kam zu mir:

„Was sagst du nun? Ich bin befördert worden. Jetzt bin ich Beförderter Hausmeister."

Ich:

„Was bedeutet das?"

Er:

„Die Beförderung des Hausmeisters hat laut Direktor das Recht auf die Bezeichnung ‚Beförderter Hausmeister' zur Folge."

Der Hauptschatzmeister bat:

„Würdest du mich begleiten, wenn ich zum Direktor gehe? Es fällt mir leichter, ein Anliegen bei ihm vorzubringen, wenn ich jemanden bei mir habe."

Ich begleitete ihn. Der Hauptschatzmeister zum Direktor:

„Die Angestellten haben eine Vereinigung gebildet. Die Vereinigung bittet darum, außerhalb der Arbeitszeit Versammlungen in den Räumlichkeiten der Bank abhalten zu dürfen."

Der Direktor:

„Soll das hier ein Erholungsheim mit Schwimmbad für das Personal werden?"

Elin:

„Wie lange bist du schon hier?"

Ich:

„Mal denke ich, es sind mehrere Monate. Dann wieder bloß ein paar Tage."

Der Gewölbekämmerer:

„Für Geld singt der Stumme. Für Geld tanzt der Lahme."

Der Direktor:

„Ich mag Wechsel. Alle bekommen mehr Geld."

Ich:

„Aber es bekommen sicher nicht alle gleich viel?"

Er:

„Alle bekommen mehr. Es ist Zauberei."

Elin und ich verbuchten Ein- und Auszahlungen in zwölf großen Schraubbindern mit Loseblattsystem. Für jede Transaktion trugen wir den Saldo ein und vermerkten die neuen Zinsen.

Elin:

„Du rechnest doch langsam und gründlich? Wenn wir uns nur um ein paar Öre verkalkulieren, können wir nächtelang hier sitzen, um den Fehler ausfindig zu machen."

Der Darlehenskämmerer:

„Geld ist nicht wie ein Spaten oder eine Harke, die still im Schuppen warten. Nein, Geld ist eine lebendige Kraft, die sich immerfort in Taten zeigt."

Ich ging während meiner Pause in der Bank umher und beobachtete jene, die dort arbeiteten. Die Assistentin des Hauptschatzmeisters hielt sich manchmal die Ohren zu. Bisweilen schloss sie die Augen. Mitunter drehte sie ihren Stuhl mit der Rückenlehne zum Kassensaal.

Elin und ich stellten das Kundenregister auf ein System mit Karteikarten in großen Blechkästen um. Ich lobte ihre feine Handschrift. Sie:
„Alle, die in der Bank arbeiten, mussten, bevor sie eingestellt wurden, eine Handschriftenprobe abgeben. Es reicht schon, wenn man den Stift halbwegs ordentlich führen kann. Und dann lernt man nach und nach von den Älteren, wie die Handschrift im Idealfall aussieht."

Der Darlehenskämmerer zur Assistentin des Hauptschatzmeisters:
„Ja, ihr Mädchen, ihr sitzt die ganze Zeit da und lest Romane. Ihr sitzt da und redet über Kinokarten und weint wegen irgendeines flatterhaften Kavaliers."

Der Gewölbekämmerer:
„Willst du mich nicht mal im Gewölbekeller besuchen? Du kannst dir Bücher von mir ausleihen. Magst du Reiseberichte?"

Der Direktor:
„Geld antwortet immer auf alles."

Die Assistentin des Hauptschatzmeisters sagte zu mir:
„Du bist vielleicht eher eine ernste Natur? Du hältst uns womöglich manchmal für zu unbekümmert? Es ist nur einfach so, dass die

Tage sehr eintönig sind und wir uns deshalb gerne mit Späßen und Schwätzchen bei Laune halten."

Ich fragte den Darlehenskämmerer:
„Wer sitzt in diesem kleinen Raum?"
Der Darlehenskämmerer:
„Das ist der Zirkularkorrespondent."
Ich:
„Und was macht er?"
Der Darlehenskämmerer:
„Er verschickt Mitteilungen der Direktion an alle Zweigstellen."

Elin:
„Einige ältere männliche Kunden warten so lange, bis eine von uns Jüngeren frei wird. Dann stehen sie eine ganze Weile da und wollen sich über dieses und jenes unterhalten, obwohl sie längst bedient worden sind."

Der Hauptschatzmeister führte ein neues Fotokopiergerät vor, welches über eine kleine, mit einer Flüssigkeit gefüllte Wanne verfügte, in welche das Papier eingezogen wurde.

Der Darlehenskämmerer zur Assistentin des Hauptschatzmeisters:
„Hast du gehört, dass die Kunden die Bank als Heiratsvermittlung bezeichnen? Wer weiß, vielleicht begibt es sich eines schönen Tages, dass du einen schneidigen Kämmerer heiratest?"

Ich besuchte den Gewölbekämmerer in seinem Gewölbe. Auf seinem Schreibtisch stand ein kleiner, weißer Keramikelefant:

„Der war mal neueste Mode. Jetzt bin ich wohl der Einzige, der so einen hat."

Die Assistentin des Hauptschatzmeisters fragte den Darlehenskämmerer:

„Weißt du, wie ich den Brieföffner nenne? Ich nenne ihn Jack the Ripper."

Der Direktor:

„Ich weiß, es besteht der Wunsch nach einem Betriebsfest, und ich will nun mitteilen, dass die Direktion demnächst ein solches Fest ausrichten wird."

Elin und ich zogen abwechselnd am Hebel der Additionsmaschine.

Der Hauptschatzmeister blickte aus dem Fenster des Kassensaales.

„Es sind viele Strolche da draußen auf den Straßen unterwegs. Man sollte mal eine Bestandsaufnahme machen."

Der Direktor:

„Hast du etwas über Geld gelernt, seitdem du hier in der Bank bist?"

Ich:

„Ich habe gelernt, dass es einfacher ist, Geld zu handhaben, als es zu erwerben."

Elin:

„Bei langen Briefen kann man den Zeilenabstand verringern. So etwas darf man selbst entscheiden."

Die Assistentin des Hauptschatzmeisters:

„Ich habe gehört, dass die Bank auf dem Betriebsfest zu einem Abendessen mit Rahmenprogramm lädt."

Ich musste Stempelkissen holen und fragte den Hausmeister nach dem Lagerraum. Er zeigte ihn mir:

„Hier sind sie. Alduro Stempelkissen."

Ich:

„Angenommen, ich würde meine Krone einschmelzen und das Silber verkaufen. Wie viel ist das Silber der Krone wert?"

Der Direktor:

„Die heutigen Silbermünzen enthalten ausschließlich Kupfer und Nickel."

Elin:

„Wenn du einen Darlehensantrag abschlägig bescheidest, muss das Schreiben freundlicher sein als bei einer Bewilligung."

Der Erste Kämmerer sagte zu mir:

„Der Bankrevisor ist mit all seinen Assistenten auf dem Weg hierher. Du musst aus dem Kellerraum ausziehen."

Mai. Sonne. Der Gewölbekämmerer:

„Ist es Mai? Du schöner Mai. Willkommen zurück in unseren Breiten."

Der Direktor sagte zu mir:

„Die Bank ist das Zuhause des Geldes. Alle Summen kehren nach getaner Arbeit auf dem Markt hierher zurück."

Ich:

„Aber wie viel Geld gibt es eigentlich in der Bank?"

Der Direktor:

„Das Geld verbleibt niemals in der Bank. In der Bank gibt es keine Waren, die den Umlauf stoppen könnten. Deshalb verlässt das Geld sein Zuhause immer wieder."

Ich fragte den Darlehenskämmerer:

„Die meisten, die einen Kredit beantragen, haben doch eigentlich gute Argumente, um ihn zu bekommen?"

Der Darlehenskämmerer:

„Ein Kreditantrag kann noch so motiviert sein. Es ist nun einmal so, dass der Kreditbedarf selten den Einlagen der Bank entspricht. Deshalb muss ein Kredit oft verweigert werden, selbst wenn die Fakten für eine Bewilligung sprechen."

Juni. Ich zog aus dem Kellerraum aus und mietete eine kleine Wohnung auf zweiundzwanzig Quadratmetern. Ein Zimmer und Küche, für eine Miete, die durch meinen Lohn gedeckt wurde.

Elin:

„Fünfzehn Minuten vor Geschäftsschluss will man gerne die Kasse schließen. Aber einige Kunden scheinen es regelrecht darauf anzulegen, in allerletzter Minute hereinzukommen."

Der Bankrevisor traf in der Bank ein, gefolgt von all seinen Assistenten.

Ich besuchte den Gewölbekämmerer in seinem Gewölbe. Er sagte: „Ich kann auf dem Betriebsfest auftreten. Ich bin nämlich Illusionist."

Der Bankrevisor:
„Schwache Kredite an die Zuckergesellschaft. Umfangreiche Darlehen ohne Sicherheiten an die Malmöer Lederfabrik. Die Lage der Bank ist äußerst prekär."
Der Direktor:
„Wir haben den Charakter einer Geschäftsbank und können unsere Tätigkeit nicht ganz und gar auf ältere Damen und deren Sparstrümpfe abstellen."

Elin:
„Ich weiß nicht, wie ich gelernt habe, als ich neu war. Ich habe vermutlich einfach den anderen zugesehen und alles genauso gemacht."

Der Bankrevisor:
„Die Aufgabe der Bankrevision als Aufsichtsbehörde sollte allen klar sein."
Der Direktor:
„Es ist aber doch sicher nicht im Interesse der Bankrevision, eine verheerende Welle von Bargeldabhebungen auszulösen? Aufgabe der

Bankrevision muss es doch wohl sein, die Stellung der Bank zu stützen, nicht, sie zu untergraben?"

Der Bankrevisor:

„Die Revision muss bisweilen durchgreifen."

Der Darlehenskämmerer:

„Es gibt viele, die überhaupt kein Geld haben, aber gerne in einem fort darüber reden. Sie verstehen nichts von Geld, aber scherzen gerne ausführlich über diejenigen, die wissen, wie man es verdient und verwaltet."

Ich:

„Wer revidiert den Bankrevisor?"

Der Direktor:

„Über den Bankrevisor herrscht allein der König."

Ich sagte zu Elin:

„Wir sehen uns jeden Tag hier in der Bank. Das ist sehr angenehm. Aber gibt es nicht auch etwas außerhalb der Bank?"

Der Bankrevisor:

„Ich bin ein misstrauischer Mann, umgeben von hoffnungsfrohen Bankdirektoren."

Der Direktor:

„Im Übrigen habe ich neulich ein vorteilhaftes Abkommen mit der Marokkanischen Staatsbank geschlossen."

Elin und ich gingen ins Theater und sahen eine heitere Komödie.

Der Bankrevisor:

„Die Bank hat unter Verstoß gegen das Bankgesetz ihre eigenen Aktien beliehen. Ich muss die gegenwärtige Leitung bitten, ihre Lage zu bedenken."

Der Gewölbekämmerer:

„Mein ganzes Leben war von der Bank geprägt. Mein Vater war Bankangestellter, ich wurde in die Bank hineingeboren. Ich leide mit der Bank, wenn irgendetwas schlecht läuft. Ich freue mich, wenn es gut läuft. Die Bank ist zu einem Teil meiner selbst geworden. Ich glaube, ich werde im Gewölbe sterben, wie eine entführte Berühmtheit in einer Höhle."

Ich lieh mir vom Gewölbekämmerer einen Reisebericht aus Indien und erzählte Elin von den indischen Tigern.

Der Darlehenskämmerer:

„Mit jeder Zinsänderung müssen die Zinsen sowohl für Darlehen wie auch für Depositen neu berechnet und im jeweiligen Kundenkonto verzeichnet werden. Die Einführung von Namenskürzeln ist zwingend erforderlich. Jeder Angestellte ist persönlich haftbar für Fehler, die bei Kontrollen entdeckt werden."

Elin und ich machten lange Spaziergänge.

Der Direktor:

„Aber kann ein Bankrevisor wirklich einen Bankdirektor absetzen?

Gibt es dafür überhaupt irgendein Beispiel aus jüngerer Zeit?"

Der Bankrevisor:

„Nilsson von der Privatbank Kristianstad, Söderbaum von der Privatbank Östergötland und Stackell von der Handelsbank Sundsvall."

Der Direktor:

„Sind das alle?"

Der Bankrevisor:

„Die Liste ist lang. Zuletzt waren es Bergström von der Volksbank Stockholm und Hagelberg von der Außenstelle der Privatbank Sundsvall in Östersund. Und nun muss ich offensichtlich einen weiteren Namen auf diese klägliche Liste setzen."

Elin:

„Hin und wieder kommt es vor, dass jemand nach Geschäftsschluss dasteht und gegen das längst geschlossene Tor klopft und hämmert. Man will öffnen, aber man darf natürlich nicht. Irgendwann hört das Klopfen und Hämmern dann auf."

Der alte Verwaltungsrat dankte ab. Ein neuer Verwaltungsrat wurde ernannt. Der alte Direktor dankte ab. Ein neuer Direktor wurde ernannt.

August. Ich ging den ganzen Weg von meinem alten Zuhause zur Bank. Die Allee entlang, die vielen Kilometer. Durch das Tor, die Treppen hinauf. Stufe um Stufe, hinauf in die Direktionsetage und weiter bis zum neuen Direktor. Was sagte ich? Ich sagte, dass ich zu Fuß zur Bank gekommen sei. Ich sagte, dass ich mit dem vorigen Direktor auf gutem Fuß gestanden hätte.

Vor der ersten Sitzung des Verwaltungsrats gingen Elin und ich zusammen mit dem Beförderten Hausmeister ins Verwaltungsratszimmer. Er hängte die Porträts um.

„Hier soll der Direktor hängen. Nun ist er nicht mehr der Direktor. Er ist zum ehemaligen Direktor geworden. Und hier soll der neue Direktor hängen."

Der Darlehenskämmerer zum neuen Direktor:

„Wir haben von der Metallurgischen Gesellschaft einen Antrag auf ein kleines Darlehen erhalten. Es gibt wohl nichts, was einer Annahme der freundlichen Einladung der Gesellschaft an mich, im Rahmen eines kleinen Studienbesuchs Einblick in deren Ausrichtung und Abläufe zu erhalten, entgegensteht?"

Der Direktor:

„Bankangestellte sollen keine Fabriken besuchen. Bankangestellte lassen sich in ihrer Unkenntnis derart von all den Maschinen beeindrucken, dass sie auf der Stelle alle erdenklichen Kreditgesuche bewilligen. Es ist besser, die Gewinn- und Verlustrechnungen unter die Lupe zu nehmen."

Elin fragte mich nach meiner Mutter und meinem Vater.

Die Assistentin des Darlehenskämmerers:

„Die meisten in der Bank sagen, sie seien durch Zufall zu ihrer Arbeit gekommen. Sie sagen, das sei nun nicht unbedingt das, was sie sich früher einmal erträumt hätten."

Der Direktor:

„Stell dir die sengende Sonne vor. Du hast Hunger. Ich habe frischen Fisch und will ihn gegen deinen warmen Bärenpelz tauschen.

Sengende Sonne. Oh, wie hungrig du bist. Und ein Pelz ist für dich in dieser Hitze nicht von Nutzen. Der Fisch hingegen kann sofort zu einer guten Mahlzeit werden. Du willst gewiss tauschen?"

Ich:

„Ich weiß nicht. Ich habe Hunger, aber der Pelz ist doch sicherlich wertvoller als der Fisch?"

Der Direktor:

„Der frische Fisch hat seinen hohen Wert, weil du ihn jetzt essen kannst. Der Wert des Pelzes ist natürlich auch hoch, denn er kann dich in der kalten Jahreszeit wärmen. Aber gib acht, es ist kein ganz und gar beständiger Wert, denn der Pelz kann gestohlen, von Schädlingen zerfressen oder auf andere Weise zerstört werden, lange bevor der Winter kommt. Wenn es kalt ist und schneit, stehst du womöglich ohne Pelz da. Also wäre es vielleicht doch geboten, den warmen Pelz wegzugeben und stattdessen den frischen Fisch zu nehmen? Frischen Fisch, den du so gerne zu Abend äßest? Mit in Butter gebratenen Kartoffeln?"

Ich:

„Ich nehme den Fisch und gebe den Pelz weg."

Der Direktor:

„Aber pass auf, wie lange ist der frische Fisch frisch? Wenn ich ihn nicht sofort an den Mann bringe, ist er gleich viel weniger wert. Minuten vergehen. Stunden vergehen. Der Fisch wird wahrscheinlich schon nicht mehr ganz so frisch sein? Schwirren nicht bereits Fliegen um ihn herum? Merkst du nicht, dass er schon angefangen hat, übel zu riechen? Schau dir dagegen deinen feinen Bärenpelz an. Der Pelz ist immer noch ein Pelz, jeden Tag gleich. Solltest du nicht doch deinen Pelz behalten?"

Ich erzählte Elin von meiner Mutter und meinem Vater:

„Als ich ganz klein war, zogen sie nach Amerika. Ich habe hauptsächlich bei meiner Großmutter und meinem Großvater gewohnt."

Die Erste Kassenprüferin:

„Auf dem Betriebsfest wird es gutes Essen von der Restaurantschule geben. Man wird zum Grammophon tanzen. Beim Dessert wird der Direktor eine Rede über das vergangene Jahr halten. Die Assistentinnen der Schatzmeister werden Spottlieder mit witzigen Anspielungen auf so manchen aus dem höheren Personal singen."

Der Hauptschatzmeister:

„Hast du Geld, hält man dich für klug, hast du keines, bist du ein Narr."

Ich:

„Ich habe kein Geld."

Er:

„Also bist du ein Narr."

Der Direktor:

„Die Nordische Kugellageraktiengesellschaft. Die Zündholzfabrik Vulcan. Gebrüder Magnussons Damenkonfektion. Die Transmarine Kompanie."

Was hatte der Darlehenskämmerer? Der Darlehenskämmerer hatte einen Stifteköcher mit vergoldeten Muscheln.

Ich ging während meiner Pause in der Bank umher und sah tolpatschige Missgeschicke geschehen. Der Gewölbekämmerer schrie, als er seinen Daumen in der Gewölbetür einklemmte. Die Assistentin des Hauptschatzmeisters schrie, als sie mit den Fingern in der Münzzählmaschine stecken blieb.

Die Assistentin des Hauptschatzmeisters:

„Auf dem Betriebsfest werden sich die Kämmerer als Carmen Miranda verkleiden und lustige Geschichten erzählen. Die Kämmerer werden ihren Assistentinnen aufwarten. Sie werden ihnen Avancen machen und am nächsten Tag ist alles vergessen. Die Assistentinnen der Kämmerer werden sagen, es sei vielleicht ein kleiner Ulk gewesen, nichts, was man ernst nehmen dürfe."

Der Darlehenskämmerer ließ seinem Personal mitteilen, der Direktor habe ihn informiert, dass der Verwaltungsrat der Bank beschlossen habe, Interessen der Bank in der Baltischen Holzwarenaktiengesellschaft einzubringen.

Der Hauptschatzmeister:

„Aber wie solide ist die Baltische Holzwarenaktiengesellschaft?"

Der Darlehenskämmerer:

„Es ist Aufgabe des Verwaltungsrates und des Direktors, die richtigen Kreditbeurteilungen vorzunehmen."

Der Direktor rief mich zu sich. Er saß still an seinem Schreibtisch. Er blickte aus dem Fenster, auf die Menschen dort unten. Ich fragte, ob ich zurück an meine Arbeit gehen dürfe, da es noch viel zu tun gebe.

Der Darlehenskämmerer schlief mit der Stirn auf dem Schreibtisch ein und wachte wieder auf:

„Ich will nicht irgendeinem schmierigen Kino den Wasserschlauch bezahlen. Ich will nicht irgendeinem stinkenden Bauernhof die Feuerversicherung für den Schweinestall finanzieren."

Ich:

„Geld kann für dieses und für jenes verwendet werden. Aber Geld hat doch sicher auch einen Wert an sich?"

Der Direktor:

„Geld ist ein leeres Bild."

Der Hauptschatzmeister kratzte sich am Bartansatz:

„Entschuldige bitte. Es ist nur so, dass ich mir einen Bart stehen lassen will. Aber es juckt so furchtbar, wenn die Stoppeln rauswachsen."

Die Bank öffnete. Die Bank schloss. Öffnete wieder. Schloss. Öffnete.

Der Direktor:

„Der Bankbeamte ist eine Grenzwache. Einer, der zwischen der Straße und dem Geld steht."

Oktober. Gefallenes Laub klebte unter den Schuhen der Kunden und blieb im Kassensaal liegen.

Ich ging während meiner Pause umher, beobachtete die Bankkunden und lauschte ihren Gesprächen. Eine Mutter sagte liebevoll zu ihrem Sohn:

„Jetzt zeig Mama, dass du das Alphabet rückwärts aufsagen kannst, dann bekommst du zehn Öre."

Der Darlehenskämmerer:

„Die meisten hier in der Bank haben Familie. Ab und an kommt ein Kind vorbei. Vielleicht, um sich Geld für einen Schulausflug oder eine Kinokarte zu holen. Und manchmal kommt eine Ehefrau oder ein Ehemann und lässt vielleicht ein Päckchen da. So hat man in der Bank immer das Gefühl, mit dem alltäglichen und etwas persönlicheren Leben verbunden zu sein."

Elin fragte mich, ob der Plan nicht gewesen sei, meiner Mutter und meinem Vater nach Amerika zu folgen?

Der Direktor versammelte das Personal:
„Ich bin Kaiser des Römischen Reiches. Ich rekrutiere Soldaten zu meinem Schutz. Ich werbe sie in Territorien an, die ich erobert habe. Die Soldaten entstammen vielen verschiedenen Völkern. Sie sprechen viele verschiedene Sprachen und dienen oft weit weg von Rom, das nur wenige von ihnen je zu Gesicht bekommen."

Ich fragte den Direktor:
„Aber hat Geld gar keine Eigenheiten?"
Er:
„Geld hat nur die eine Eigenheit, dass es keine Eigenheiten hat. Anstelle des Krieges bekommst du die militärische Macht. Anstelle des Schiffes bekommst du das Meer."

Der Erste Kämmerer sagte zu mir:
„Du läufst hier herum und glaubst, du wirst Direktor? Du weißt nicht, dass dich alle auslachen?"

Der Darlehenskämmerer:
„Haben nicht alle Menschen ein privates Kassenbuch? Ich selbst

gleiche jeden Abend mein Kassenbuch mit meinem Portemonnaie und meiner Brieftasche ab."

Der Direktor:
„Ich kaufe einer Person etwas ab und bekomme, was ich will. Aber er bekommt nicht, was er will, er bekommt lediglich mein Geld. Was macht er also mit dem Geld? Er wendet sich an einen Dritten, um ihm abzukaufen, was er sich wünscht. Und dieser Dritte bekommt das Geld und wendet sich an einen Vierten, um sich zu kaufen, was er haben will. Am Ende kommt vielleicht jemand zu mir und kauft mir ab, was ich einmal gekauft hatte."

Der Hauptschatzmeister:
„Wann soll das versprochene Betriebsfest eigentlich stattfinden? Findet es überhaupt jemals statt?"

Dezember. Abend. Ich ging in den Hinterhof der Bank. Die Katzen miauten. Die Krähen schrien. Ich schlief im Schuppen ein. Im Morgengrauen trat ich hinaus in den Hof. Ich stand da und sah eine Krähe vor einem Loch warten. Vielleicht lauerte sie einer Ratte auf.

Der Direktor:
„Marma-Långrör. Die Aktiengesellschaft Atlas. Ljungströms Dampfturbinen."

Ich sagte zu Elin:
„Es stimmt, der Plan war, dass ich nach Amerika nachkomme. Aber daraus wurde nichts."

Der Direktor zum Hauptschatzmeister:

„Ein Bankangestellter darf keinen Bart tragen. Man weiß nie, was sich hinter einem Bart verbirgt."

Ich hörte zu, wie Elin Maschine schrieb. Ich:

„Du schreibst so schnell Maschine."

Sie:

„Die Remington Noiseless ist leiser. Aber auf der schreibt es sich so schwer. Die Tasten blockieren und man verliert den Schwung."

Der Erste Kämmerer zum Direktor:

„Der Bankrevisor ist mit all seinen Assistenten unterwegs zur Bank."

Ich ging während meiner Pause umher und lauschte den Bankkunden. Ein Vater sagte gütig zu seiner Tochter:

„Hier hast du zehn Öre von Papa. Jetzt sing Papa dein lustiges Liedchen vor. Sonst nimmt dir Papa das Zehnörestück wieder weg. Das wäre doch schade."

Neujahr. Der Direktor wünschte allen Angestellten brieflich ein frohes neues Jahr.

Der Gewölbekämmerer:

„Am Anfang ist alles neu. Da ist man so froh, so froh."

Die Bankrevision fand sich ein. Der Bankrevisor:

„Die Bankrevision kommt nicht umhin, harsche Kritik an der Direktion zu üben."

Der Direktor:

„Ja, ja. Ein guter Bankier ist immer unbeliebt."

Ich ging während meiner Pause umher und sah im Kassensaal Übergaben geheimen Geldes. Ein zusammengefalteter Schein, der in jemandes Tasche gesteckt wurde. Eine Münze, die sich in jemand anderes Hand schlich.

Der Bankrevisor:

„Wie sieht die Direktion die Lage der Bank, vor dem Hintergrund ihrer Kreditvergaben?"

Der Direktor:

„Kreditvergaben beinhalten stets ein Risikomoment, und hundert erfolgreiche Kredite müssen zwangsläufig ein oder zwei Darlehen bezahlen, die weniger sicher sind."

Der Bankrevisor:

„Du hast Schuldverschreibungen gefälscht. Du hast unter Verstoß gegen das Devisengesetz dreißigtausend Kronen auf ein ausländisches Bankkonto eingezahlt. Du hast dir für private Zwecke Mittel angeeignet, von denen du behauptetest, es wären Darlehen an die italienische Regierung. Ich habe zweihundert Fünfziger gefunden, die in den Schaft deines rechten Stiefels gestopft waren. Dein Name steht auf allen Dokumenten. Sämtliche Dezernate der Polizei sind wegen deiner Machenschaften eingeschaltet. Das Gewaltdezernat, das Raubdezernat, das Betrugsdezernat, das Sicherheitsdezernat, das Ausländerdezernat sowie das Diversedezernat."

Der Direktor:

„Das Wegelagererdezernat hast du wohl vergessen?"

Die Erste Kassenprüferin:

„Es ist so furchtbar. Man kann doch den Direktor nicht einfach entlassen?"

Der Direktor:

„Ich habe die Unterstützung meines gesamten Verwaltungsrates. Ich und der Verwaltungsrat sollten in einem silbernen Jagdschloss sitzen und von ergeben lächelnden Lakaien in Seidenlivrees bedient werden."

Der Bankrevisor:

„Ein Schloss ist angenehm und ein Gefängnis ist unangenehm. Aber während ein Schloss mittelbar meist belastend wirkt, wirkt ein Gefängnis mittelbar befreiend."

In Gegenwart des Bankrevisors verkündete der Direktor seinen Entschluss abzudanken. Der gesamte Verwaltungsrat saß reglos mit leeren Mienen da.

Der Bankrevisor:

„Ihr sitzt da, schweigend wie Ägyptens Priester."

Der Verwaltungsrat:

„Wir haben immer das Beste für die Bank erstrebt, und selbst wenn unsere Anstrengungen nicht immer von Erfolg gekrönt waren, wagen wir doch zu hoffen, dass man uns auch zukünftig das Vertrauen ausspricht."

Der Hausmeister lud den abgedankten Verwaltungsrat zu Punsch und Kartenspiel in die Hausmeisterei ein. Der Punsch wurde in hohen Gläsern angeordnet. Spielkarten wurden ausgeteilt. Der Verwaltungsratsvorsitzende:

„Ich möchte dem Beförderten Hausmeister im Namen der Mitglieder des Verwaltungsrates danken. Nun sitzen wir hier, jeder von uns mit seinen Karten vor sich. Aber unsere Hände sind so schwer, dass wir es nicht vermögen, die Karten vom Tisch abzuheben. Alle haben wir einen Punsch vor uns. Aber die Gläser sind zu schwer für uns. Unsere Finger umgreifen sie, aber schaffen es nicht, sie anzuheben."

Die Erste Kassenprüferin:
„Für uns sind Bank und Direktor untrennbare Begriffe. Er kommt mit Sicherheit wieder."

Der Direktor wurde verhaftet. Der Direktor starb an einem Herzanfall. Der Direktor stürzte sich aus dem Fenster. Der Direktor erschoss sich im Ausland.

Die Erste Kassenprüferin:
„Es war letztlich wohl nicht seine Schuld. Aber kriegt man den Teufel nicht zu fassen, hängt man seinen Hohepriester."
Ich:
„Wer ist der Teufel?"
Sie:
„Der Teufel, der Teufel. Gerade den Teufel kriegt man nie zu fassen."

Der Darlehenskämmerer bekam einen üblen Husten:
„Ich glaube, die ganze Sache mit dem Direktor ist mir auf die Lunge geschlagen."

Ein neuer Verwaltungsrat wurde ernannt. Der neue Verwaltungsrat ernannte einen neuen Direktor.

Februar. Ich ging durch das hohe Portal hinein, die Treppe aus Marmor hinauf. Quer hindurch zwischen Lochern, Stiften, Stempeln und Stempelkissen. Hinein in den Geruch der Tintenfässer, hinein in die Geräusche der Schreibmaschinen, hinauf zur Direktionsetage und weiter bis zum neuen Direktor.

Was sagte der neue Direktor? Der neue Direktor sagte:
„Wir lassen ein neues Bankgebäude bauen."

Ich ging während meiner Pause umher. Das neue Bankgebäude wurde gebaut. Steinmetze, Schreiner und Anstreicher arbeiteten rings um mich herum.
Ein Herrenhaus, eine Kathedrale, ein Museum, ein Basar, ein Salon, ein Palast.

Der Direktor fragte mich:
„Wo befindest du dich eigentlich? Hat man dich in eine andere Zeit befördert? Besuchst du die Rechenkammer in London? Ist dir Zutritt zum Hauptquartier der Tempelritter in Paris gewährt worden? Bist du Gast beim russischen Zaren? Wandelst du durch das große Büroschloss in Florenz? Siehst du, wie sich dessen Säle vom Englischen Kanal zum Kaspischen Meer erstrecken? Spürst du unter den Fingern die Bauwerke aus Varberggranit? Die Bögen, die Friese, die Kapitelle und Eckeinfassungen aus rotem Sandstein?"
Er gab mir vier Silbermünzen:
„Jetzt legst du eine Silbermünze in jede Ecke. Dann bist du der Gründer der Bank."

Ich ging während meiner Pause im neuen Bankgebäude umher und betrachtete die Menschen im Kassensaal. Das Personal. Die Kunden, die Geld einzahlen wollten. Die Kunden, die Geld aufnehmen wollten. Den Darlehenskämmerer, der Darlehen verweigerte oder bewilligte.

Der Direktor:
„Zweifelhafte Forderungen müssen abgeschrieben werden. Warenlager von Darlehensnehmern müssen neuen Schätzungen unterzogen und, wenn sie sehr alt oder schadhaft sind, herabgestuft werden. Darüber hinaus werden chinesische Mauern zwischen den Abteilungen der Bank errichtet, um weitere Unregelmäßigkeiten zu verhindern."

April. Elin sagte zu mir:
„April, April."

Der neue Verwaltungsrat beschloss, Gelder für gemeinnützige und wohltätige Zwecke bereitzustellen. Elin und ich vermittelten die vereinbarten Beträge an den Heimatverein und den Fotoclub, den Kanuverein und den Motorsportclub.

Die Direktionssekretärin stellte die Zeiger einer Wanduhr, welche die Zeit in drei Weltmetropolen anzeigte. Der Hausmeister hängte mehrsprachige Tafeln und Schilder auf. Im Direktionswartezimmer lagen ausländische Zeitschriften.

Der Erste Kämmerer rechnete auf seiner Buchungsmaschine. Continental. Ich fragte ihn, was mit der alten Kassentruhe geschehen sei. Er:
„Die steht wahrscheinlich auf dem Dachboden."

Der Direktor:

„Neue Zeiten, neue Sitten.“

Elin fragte mich, ob ich brieflich Kontakt zu meinen Eltern gehabt hätte.

Der Darlehenskämmerer informierte das Personal darüber, dass Verwaltungsrat und Direktor beschlossen hätten, sich mit Kreditzusagen bei einer Reihe großer Versicherungsgesellschaften zu engagieren. Aurora, Thule, Kronan, Fylgja, Valkyrian, Framtiden, Iris, Fenix und Nordstjernan. Die Erste Kassenprüferin:

„Aber was passiert, wenn etwas passiert?“

Ich fragte den Darlehenskämmerer:

„Leute nehmen Kredite auf, um sich Dinge kaufen zu können. Aber ist es nicht unredlich, auf Kredit zu kaufen?“

Der Darlehenskämmerer:

„Nur einfache Leute kaufen mit Bargeld. Ein feiner Herr darf auf Kredit kaufen, da er in der Lage ist, jenes Vertrauen zu schaffen, welches das Versprechen, später zu bezahlen, untermauert.“

Ich flanierte eine Weile durch das neue Personalfoyer, das neue Personalvestibül und die neue Personalumkleide.

Ich:

„Kredit birgt sicherlich ein großes Risiko für die Bank?“

Der Direktor:

„Kredit folgt auf Vertrauen. Und je tiefer das Vertrauen, desto geringer das Risiko.“

Juni. Elin und ich fingen in der Darlehens- und Depositenverwaltung an. Der Verwaltungskämmerer stellte uns seinen Assistentinnen vor. Sie machten einen Knicks.

Während der Mittagspausen aß Elin in der Damenkantine und ich in der Herrenkantine. Der Speisesaal der Direktion wurde vom Personal Obergefreitenspeisesaal genannt. Wir aßen Suppe, die aus emaillierten Eimern geschöpft wurde. Der Preis wurde vom Lohn abgezogen.

Der Darlehenskämmerer sagte zu den um Kredit ersuchenden Kunden:
„Nein, wir haben leider keine Möglichkeiten, einen Kredit zu gewähren."
Die Kunden:
„Aber siehst du nicht, über welchen Reichtum wir verfügen? Seidenschlipse, Goldarmbänder und weiche Lederschuhe?"

Der Direktor erklärte mir:
„Ich überlasse dir mein Geld, um dein Auto zu bekommen, auf das ich aus bin. Aber jeder Verkauf ist ein Kauf. Verstehst du? Ich verkaufe meine Lampe und kaufe dein Geld. Du überlässt mir dein Auto, um mein Geld zu bekommen, auf das du aus bist."

Der Verwaltungskämmerer erzählte von seiner Kindheit:
„Schon als kleiner Junge war ich an Zahlen und Ziffern interessiert. Jeden Sonntagmorgen durfte ich einem Nachbarn helfen, die Salden in großen Haushaltsbüchern auszurechnen."

Der Erste Kämmerer rief mich zu sich:

„Es gibt viele hier im Personal, die sich fragen, wie du eigentlich hergekommen bist und über welche Qualifikationen du verfügst. Ich habe nichts gegen dich persönlich. Aber du musst einsehen, dass du vielleicht nicht dein ganze Leben hier in der Bank bleiben wirst."

Der Direktor:

„Scheine bestehen nicht aus Papier, sondern aus Glauben. Geld kann aus einem Häufchen Dreck gemacht sein, wenn sich nur irgendjemand zu diesem Dreck bekennt."

Ich:

„Wer bekennt sich dazu?"

Der Direktor:

„Die Zentralbank bekennt sich dazu."

Ich erzählte Elin:

„Ich hatte etwas Kontakt zu meinen Eltern. Sie wohnten in Minnesota. Minneapolis in Minnesota."

Der Verwaltungskämmerer machte mit Elin und mir eine Runde durch die Darlehens- und Depositenverwaltung:

„Jeder darf einen persönlichen Gegenstand auf seinem Schreibtisch haben, wie etwa eine Fotografie, einen Federkasten oder ein Porzellanschwein."

Die Assistentin des Verwaltungskämmerers:

„Der Verwaltungskämmerer hat eine schwache Physis. Manchmal ist er krank. Ich glaube, es ist das Herz."

Ich besuchte den Gewölbekämmerer in dessen Gewölbe. Er zeigte mir einen illustrierten Reisebericht aus Afrika. Löwen. Krokodile. Schakale.

Der Gewölbekämmerer:

„Ich mag Tiere sehr gern. Als ich klein war, wollte ich entweder Zoologe oder Veterinär werden."

Antilopen. Nilpferde.

Ich:

„Es gibt keine Frauen hier in der Bank in irgendeiner leitenden Position?"

Der Hauptschatzmeister:

„Bedauerlicherweise haben es Damen generell schwer, Karriere zu machen."

Der Gewölbekämmerer sagte zu mir:

„Ist das nicht vergnüglich?"

Ich:

„Was ist vergnüglich?"

Der Gewölbekämmerer:

„Die Zeremonie ist ein solches Vergnügen. Im Geschäft eine Münze herauszunehmen und sie über den Ladentisch zu reichen. Und im Tausch für die Münze ein Päckchen zu bekommen."

Staub legte sich nachts über die Bank. Aber all die Bewegungen schufen Gänge im Staub. Ein feines Netz aus Gängen. Am Ende, als der Tag vorüber war, gab es keinen Staub mehr.

Die Assistentin des Verwaltungskämmerers:

„Eigentlich müssen alle mithelfen und nach dem Kaffee gemeinsam

abwaschen. Aber ich verwöhne sie, obwohl ich es nicht sollte."
Der Verwaltungskämmerer:
„Dann mach kein Gesicht, als hättest du in eine Zitrone gebissen."

Der Darlehenskämmerer:
„Kredit ist eine Frage der Dosierung. Nur einen Krümel, wenn überhaupt, für den einen. Aber für den anderen reichliche Mengen. Zechinen, Florine und Guldiner."

Ich sagte zum Direktor:
„Ich habe nie versprochen, mein ganzes Leben hier in der Bank zu bleiben."

Ich besuchte den Gewölbekämmerer in dessen Gewölbe. Von einem Bild in dem Reisebericht aus Afrika pauste er eine Zebraherde der Savanne ab:
„Ich zeichne gern. Meine ganze Familie war davon überzeugt, dass ich einmal eine Ausbildung zum Illustrator oder Architekten machen würde."

Die Assistentin des Verwaltungskämmerers:
„Die Assistentin eines Verwaltungskämmerers ist fortwährend Gedanken an eine Liebschaft zwischen Verwaltungskämmerer und Assistentin ausgesetzt. Aber das ist vermutlich ganz natürlich, wenn zwei Seiten zusammenarbeiten und die eine Seite zufällig eine unverheiratete Frau ist?"

Der Verwaltungskämmerer:

„Jeden Morgen, wenn du in den Bus steigst, triffst du ein komplexes Abkommen mit der Verkehrsgesellschaft. Du verpflichtest dich, die festgesetzte Gebühr zu bezahlen und den Regeln und Ordnungsvorschriften der Verkehrsgesellschaft Folge zu leisten. Die Verkehrsgesellschaft ihrerseits verpflichtet sich, dich zu deiner Zielhaltestelle zu transportieren."

Der Gewölbekämmerer:

„Ich erwecke vielleicht den Eindruck, zuverlässig und ordentlich zu sein? Aber siehst du die Papierchen, die kreuz und quer aus meinen Taschen heraussstehen? All die kleinen Zettelchen hinter meinen Ohren und in den Hemdsärmeln?"

Sonntagvormittag. Ich machte Überstunden mit dem Direktor. Die Kirchturmglocken läuteten.

Der Direktor:

„Ja, auch das Geistliche soll zu seinem Recht kommen."

Ich:

„Gehört das Geistliche nicht zur Bank?"

Der Direktor:

„Das Geistliche ist doch etwas, über das man bloß spekulieren kann. Wir widmen uns keiner anderen Spekulation als jener, die Geld und Währungen betrifft."

Der Verwaltungskämmerer zu seinen Assistentinnen:

„Seid so freundlich und sorgt dafür, dass alle Angestellten zum fünfzigsten und sechzigsten Geburtstag einen Blumenstrauß bekommen."

August. Die Ordentliche Kassenprüferin sagte zu Elin und mir:
„Ihr habt Glück, ihr mögt einander. Die Außerordentliche Kassenprüferin und ich, wir hassen einander und müssen dennoch schon seit
vielen Jahren am selben Doppelpult sitzen."

Der Darlehenskämmerer:
„Ich hatte immer eine Abneigung gegen Anzüge und Schlipse, die
am Hals spannen. Mein Traum war eigentlich, Konditor zu werden.
Aber das ist lange her."

Der Verwaltungskämmerer:
„Ich kaufte mir einen Buick und wurde ihn leid, also verkaufte
ich den Buick, bekam einen Dodge und zweitausend Kronen, verkaufte den Dodge, bekam drei Traktoren und ein Telefon, verkaufte
die Traktoren, bekam acht Mopeds und ein gutes Fahrrad, verkaufte
die Mopeds und bekam eine große Partie Spielzeug und einen Hund,
verkaufte das Spielzeug und bekam eine Hypothek auf ein Wald-
grundstück und einen Satz Metallbetten, verkaufte die Hypothek und
bekam eine Enzyklopädie. Jetzt habe ich zweitausend Kronen, ein
Telefon, ein gutes Fahrrad, einen Hund, einen Satz Metallbetten und
eine Enzyklopädie. Aber am liebsten hätte ich meinen Buick zurück."

Die Außerordentliche Kassenprüferin:
„Ich bin dem Internationalen Club beigetreten. Man liest etwas
über andere Länder. Das ist interessant. Man unterhält sich darüber,
wohin man gerne einmal reisen würde."

Der kleine Junge der Assistentin des Darlehenskämmerers schlug in der
Bank eine Fensterscheibe ein. Aber der Direktor wurde nicht wütend:

„Was sollte aus dem Glaser werden, wenn niemals irgendwo Scheiben eingeschlagen würden?"

Die Ordentliche Kassenprüferin:
„Herrje. Ich muss ein bisschen dämlich sein, dass ich alle Regeln genau befolge."

Elin und ich machten eines Samstagabends Überstunden in der Bank.
Der Direktor:
„Ich übertrage euch die Verantwortung für die Schlüssel der Bank. Verliert sie nicht."

Ich sah Hunde und Katzen, die auf und ab fuhren, auf und ab, im Paternoster.

Ich sagte zum Darlehenskämmerer:
„Und wenn ich das gesamte Geld der Bank an ein Kind verleihe? Ein kleines, sonniges Kind, das alles für Schokolade ausgibt?"

Elin und mir fielen die Schlüssel der Bank in einen Brunnen, in einen Heuhaufen, in einen Farbeimer, in einen Leimtopf und in ein Benzinfass.

Die Außerordentliche Kassenprüferin fragte mich:
„Was hast du für eine Ausbildung? Ich selbst habe an Stockholms Buchführungsinstitut Maschinenschreiben und Stenografie gelernt. Dann habe ich Abendkurse in deutscher Handelskorrespondenz an Stockholms Städtischer Handelsschule besucht."

Es kam vor, dass Elin oder ich das Thema Hochzeit zur Sprache brachte. Aber eine Ehe zwischen Angestellten hatte die Entlassung der Frau zur Folge, und wir hätten es uns nicht leisten können, von einem Lohn allein zu leben.

Die Ordentliche Kassenprüferin:
    „Tagein, Tagaus Wechsel zu registrieren ist so erbärmlich eintönig."

Der Direktor erklärte mir:
    „Ich gebe dir eine Münze in die Hand und schon zeichnet der Schatten der Münze eine Handlung oder einen Gegenstand irgendeiner Art. Das Überlassen des Geldes ist schließlich nur ein Provisorium, das darauf wartet, von einem Dienst oder einer Ware ersetzt zu werden."

Oktober. Elin und ich fingen im Notariat an. Wir waren hommes d'affaires für Personen, die ihr Vermögen nicht selbst verwalten wollten oder konnten.

Der Gewölbekämmerer:
    „Hast du mein Geld gesehen? Ich weiß nicht was, ich weiß nicht wer. Ich weiß nicht wie, ich weiß nicht wann."

Der Bankjustiziar zeigte sich selten im Notariat. Aber die Assistentin des Bankjustiziars war immer da.

Ich ging während meiner Pause umher und beobachtete alle Vorgänge in der Bank. Alles, was getan wurde, alles, was gesprochen wurde.

Die Assistentin des Bankjustiziars:

„Ein Abkommen kann still sein. Wenn sich ein Vorgang wiederholt, wird er zu einer Vorschrift."

Ich:

„Dann ist alles ein Abkommen?"

Ich fragte den Direktor:

„Diebstahl gilt als strafbar, weil das Gesetz sagt, er sei strafbar. Aber was ist das, was sagt, dass das Gesetz Gültigkeit hat?"

Der Direktor:

„Hinter dem Gesetz gibt es ein zweites Gesetz, das dem ersten Gesetz Legitimität verleiht."

Elin zeigte mir ihre Fotoalben mit all den unsortierten Verwandten.

Ich sagte zum Direktor:

„Der Direktor der Bank ist der König der Bank."

Der Direktor:

„Nein, Geld hat keinen König."

Ein Postaufzug fuhr drei oder vier Mal am Tag zwischen den Stockwerken der Bank auf und ab. Auf jedem Stockwerk nahm sich ein Bote der Post an.

Ich sagte zum Direktor:

„Ich habe nie gesehen, dass man sich in der Bank hingesetzt und das ganze Geld gezählt hätte."

Der Direktor:

„Niemand ist flink genug, um das Geld zu zählen. Es wechselt viel zu schnell den Besitzer."

Handwerker richteten im Keller der Bank ein neues Gewölbe für riskante Kredite ein. Der Hausmeister trug die Papiere in großen Kartons hinunter.

Der Darlehenskämmerer:
„Der Verwaltungsrat der Bank schiebt immer wieder Entscheidungen über einfachste Kreditangelegenheiten auf. Unsere Stammkunden sind einen raschen Vollzug gewohnt. Es ist schwer, sie bei Laune zu halten."

Im Notariat arbeitete ein Versicherungskämmerer. Er sagte zu mir:
„Es gibt nicht so viel zu sagen. So und so viele Häuser brennen jährlich nieder. So und so viele Menschen werden überfahren, et cetera."

November. Ich folgte den Krähen an die Stadtränder. Ich sah, wie sie die Gärten der Villen durchwühlten.

Der Gewölbekämmerer:
„Dreißig Tage hat der November."

Die Assistentin des Bankjustiziars:
„Fast niemand hier hat Eltern, die in einer Bank gearbeitet haben. Die meisten von uns kommen vom Lande. Das hätte man nicht gedacht, als man klein war, dass man in einer Bank landen könnte. Aber das tat man."

Ich fragte den Direktor:

„Wie lange bin ich schon hier? Zehn Jahre? Vielleicht sollte ich aufbrechen und mir etwas Neues suchen? Ich könnte doch sicherlich ein anderes Auskommen finden."

Der Direktor:

„Nur zu, viel Vergnügen. Du kannst zum Beispiel ein Schreibbüro eröffnen. Das ist bestimmt interessant und einträglich. Du kannst dich der Reinschrift von Zeugnissen, Preislisten, Einladungen, Gebrauchsanweisungen, Vereinszeitungen und täglichen Speisekarten unterschiedlichster Nähranstalten widmen."

Der Versicherungskämmerer:

„Wir arbeiten mit der Allgemeinen Städtischen Feuerversicherungsgesellschaft zusammen. Und ich besuche jedes Jahr den Nordischen Unfallkongress. So kommt man ein bisschen herum. Voriges Jahr war es Oslo."

Der Gewölbekämmerer suchte den Direktor auf:

„Warum ähnelt mein Fuß einem Eselsfuß? Warum ähnelt mein Bein einem Eidechsenbein?"

Der Direktor:

„Geh du zurück in dein Gewölbe."

Die Assistentin des Verwaltungskämmerers:

„Die Kaffeepausen sind gestrichen worden. Der Verwaltungskämmerer war der Ansicht, sie kosteten zu viel Zeit. Also trinken wir unseren Kaffee jetzt heimlich. Alle Mädchen haben eine Thermoskanne in der Schreibtischschublade. Wir gehen auf die Toilette und trinken den Kaffee dort."

Die Assistentin des Bankjustiziars:

„Das Personal spricht meistens mit gedämpfter Stimme. Nicht, dass es einem für gewöhnlich bewusst wäre. Aber manchmal kommt ein Kunde aus dem Lärm der Straße herein und spricht laut. Dann wird es einem bewusst."

Der Erste Kämmerer:

„Meine Berufswahl fiel tatsächlich in etwa so aus, wie ich sie mir selbst vorgestellt hatte. Meine Eltern wollten, dass ich Arzt werde. Aber ich habe mich schon recht früh für eine Laufbahn als Bankbeamter interessiert."

Der Versicherungskämmerer:

„Es gibt Möglichkeiten."

Ich:

„Welche Möglichkeiten gibt es?"

Der Versicherungskämmerer:

„Du ahnst nicht, welche Möglichkeiten es gibt."

Der Direktor:

„Ich habe weitere Vorschläge. Du kannst Tennisstunden und Porzellanmalkurse geben. Du kannst Aquarienfische für den Verkauf heranziehen. Du kannst professioneller Zeitungsausschnittesammler werden. Du kannst Kaninchenzucht betreiben. Du kannst deine Dienste als Umzugshilfe anbieten, Fußböden bohnern und Kakteen kultivieren. Du kannst Wacholderbeeren pflücken und eine Biberfarm eröffnen."

Ich stand da und besah die neue Münzzähl- und -sortiermaschine des Kassenschalters.

Dezember. Am Luciamorgen versammelte der Direktor sein Personal:

„Stellt wie immer den kleinen Tomte raus, und hängt Weihnachtsstern und Kranz an den üblichen Stellen auf. Die Kunden mögen es, wenn die gemütliche Jahreszeit auch der Bank ihren Stempel aufdrückt."

Der Versicherungskämmerer:

„Ein Nagel in einer elektrischen Leitung, ein wenig ölgetränkte Putzwolle in einer Ecke, ein Kanister Benzin am offenen Feuer und die Katastrophe ist Tatsache."

Der Darlehenskämmerer sagte zu mir:

„Geld ist eine Art Wanderer, der niemals rasten darf. Münzen müssten in der Hand brennen. Scheine sollten an einem Tag blau sein und am nächsten gelb, sodass sie ihren Wert verlieren, wenn man sie nicht unverzüglich umsetzt."

Ich:

„Wäre die Umlaufgeschwindigkeit des Geldes unendlich hoch, bräuchte man dann Scheine und Münzen überhaupt noch?"

Meistens war es so still in der Bank.

Der Direktor:

„Ich habe weitere Vorschläge. Du kannst Regenwürmer sammeln, Möbel polieren, Hunde baden, Brennholz sägen, Tanzstunden geben, weiße Mäuse züchten, Obstbäume beschneiden, eine Bügelstube eröffnen, einen Minigolfplatz anlegen und Aufträge als Buchbinder annehmen."

Ich ging während meiner Pause umher und sah schreckliche Unglücke. Ausrutscher und Stürze, Einklemmungen, eindringende Gegenstände, herunterfallende Gegenstände, Stürze aus der Höhe, Verhebungen, Verbrennungen, Fehlschüsse und zerspringende Gläser.

Der Darlehenskämmerer sagte zu den Kunden:
„Ihr spart zu viel und leiht euch zu wenig. Wenn ihr nicht schleunigst all euer Geld ausgebt, dann tränke ich es in stinkender Schwefellösung, sodass es wertlos wird."

Neujahr. Die Direktionssekretärin sagte zu mir:
„Frohes neues Jahr. Ich erinnere mich noch an die Zeit, als du neu hier warst. Jetzt gehörst du schon beinahe zum Inventar, wie wir anderen."

Ich sagte zum Direktor:
„Ich muss noch ein wenig über meine Zukunft nachdenken."
Der Direktor:
„Unterdessen kannst du ja in der Bank bleiben. Nimm dir so viel Zeit zum Nachdenken, wie du brauchst."

Der Gewölbekämmerer:
„Siehst du nicht, wie die Scheine in der offenen Hand des Darlehenskämmerers altern? Er dreht sie um und sie sind Makulatur."

Ich:
„Aber was ist ein Bankdirektor? Man erklärt, jemand ist Bankdirektor, und dann ist er Bankdirektor?"

Der Direktor:

„Ein Bankdirektor erhält nicht allein durch die anfängliche Ernennung Legitimation, sondern auch und vor allem durch seine gegenwärtigen Taten."

Ich:

„Aber was ist eigentlich eine Bank?"

Der Direktor:

„Du möchtest eine kleine Reise zur Quelle des Nils machen. Aber du findest sie nicht. Der Berg sieht nur den Berg. Der Fluss sieht nur den Fluss."

Ich besuchte den Gewölbekämmerer in dessen Gewölbe. Er fragte mich, welche Angestellten gerade in den einzelnen Abteilungen arbeiteten:

„Das meiste ist wahrscheinlich wie immer?"

Ich:

„Allzu viel hat sich nicht geändert."

Er:

„Aber früher war es netter, als jeder jeden kannte."

Der Darlehenskämmerer teilte seinen Untergebenen Aufgaben zu:

„Wer zuerst fertig ist, bekommt eine Tafel Schokolade."

Ich zeigte Elin meinen Umschlag mit Fotografien aus Minnesota.

Ich ging während meiner Pause umher und sah weitere unbeholfene Missgeschicke. Ausgleiten, Schäden von Pferden und Rindern, Explosionen von achtlos abgegebenen Schüssen, sportliche Betätigung, Ertrinken, Überfall und Hundebiss.

Ich fragte den Direktor:

„In der Bank muss es doch Geld geben. Sonst wäre es doch keine Bank?"

Der Direktor:

„Glaubst du, eine Bank wäre ein Haufen Geld? So ist es nicht. Aber die Allgemeinheit muss glauben, dass es in der Bank Geld gäbe. Nur wenn die Allgemeinheit sieht, dass sie jederzeit und augenblicklich an ihr Geld kommt, ist sie beruhigt und lässt das Geld da. "

Ich fragte die Assistentin des Verwaltungskämmerers:

„Kann man ein kleines Tässchen Kaffee bekommen?"

Sie antwortete:

„Wir sind zu Tee übergegangen. Wir hatten Angst, der Verwaltungskämmerer könnte auf den Kaffeegeruch aufmerksam werden."

Der Darlehenskämmerer:

„Der Bankrevisor und sein Gefolge sind gesichtet worden, nur wenige Kilometer von der Bank entfernt."

Ich fragte den Direktor:

„Wie fing das an mit der Bank?"

Der Direktor:

„Jedes Volk, das auf einem einigermaßen hohen Kulturniveau angelangt ist, hat den Bedarf an einem Bankwesen erkannt und beschlossen, sich ein solches zu schaffen."

Die Außerordentliche Kassenprüferin zum Direktor:

„Unsere Tochter hat im Laden geklaut. Unser Sohn hat Geld aus dem Mantel seiner Tante gestohlen. Jetzt sind wir so verzweifelt."

Der Direktor:

„Im Abendland hat die Idee von Genügsamkeit und Bedürfnisbeschränkung niemals Fuß gefasst. Für jedes Bedürfnis, das befriedigt wird, kommen zwei neue Bedürfnisse hinzu."

Die Bank hatte einen Arzt. Der Arzt:

„Der Direktor ist krank."

Der Gewölbekämmerer sagte zu mir:

„Ich bin ausschließlich in meinem Gewölbe. Aber du bist überall. Bist du ein heimlicher Agent für irgendeine fremde Macht?"

Der Direktor zu seinen Angestellten:

„Hier kommt der hohe Bankrevisor mit seinem Gefolge aus Kammerherren anmarschiert. Ist es nicht auffällig, dass alle reich wie Krösus sind?"

Die Assistentin des Verwaltungskämmerers:

„Dann und wann denke ich darüber nach, wie alles geworden wäre, wenn ich diesen Putzmacherkurs besucht hätte."

Der Bankrevisor:

„Wie kommentierst du die Lage der Bank?"

Der Direktor:

„Unsere Lage ist außerordentlich stabil. Im Moment haben wir es ein bisschen schwer, aber es wird sich alles regeln."

Ich zeigte Elin die Fotografien:

„Das ist mein Vater. Das ist meine Mutter. Das ist ihr Hund."

Der Arzt:

„Der Direktor hat an Gewicht verloren."

Der Bankrevisor:

„Es ist richtig, dass meine Helfer und ich unsere Schäfchen im Trockenen haben. Dafür gibt es eine Erklärung. Sie wie auch ich müssen in geordneten finanziellen Verhältnissen leben. Es wäre sonst denkbar, dass wir Gefahr liefen, den Verdacht auf uns zu ziehen, wir könnten in ein Abhängigkeitsverhältnis zum Bankwesen, das zu überwachen wir beauftragt worden sind, geraten."

Der Bankrevisor:

„Was sind das für Darlehensakten, die hier von der Buchführung unberücksichtigt herumliegen?"

Der Direktor:

„Nun, das ist, was wir hier in der Bank als Observationspapiere bezeichnen."

Der Bankrevisor:

„Weshalb werden sie so bezeichnet?"

Der Direktor:

„Weil sie unter meiner persönlichen Observation stehen."

Der Arzt:

„Der Direktor ist apathisch."

Der Bankrevisor:

„Das Kassenbuch. Sei so gut und bring es her. Ich möchte mir einen Eintrag darin ansehen."

Bauern kamen in die Bank und wollten mit Nägeln, Leder, Zucker, Salz, Muscheln, Tabak, Teppichen, Kamelen, Kabeljau, Pferden, Schweinen und Ziegen bezahlen.

Der Bankrevisor:

„Weißt du überhaupt, wie groß der Kredit ist, um den es hier geht?"
Der Direktor:

„Ist es wirklich so viel? Das kann ich nicht glauben. Dann würde es entsetzlich schwer für die Bank werden."

Der Arzt hob den Direktor hoch und trug ihn auf seinen Armen im Kassensaal umher.

Elin fragte mich:

„Wie hieß der Hund deiner Eltern?"

Der Hauptschatzmeister:

„Man hört, der Direktor habe eine Million Kronen persönlicher Schulden."
Der Darlehenskämmerer:

„Das Bankgeheimnis verbietet mir, mich in dieser Sache irgendwie zu äußern."

Der Bankrevisor:

„Was sind das für Wechsel, die hier von der Buchführung unberücksichtigt herumliegen?"

Der Direktor:

„Das ist, was wir hier in der Bank Besondere Akkommodations-
wechsel nennen."

Der Bankrevisor:

„Weshalb werden sie so genannt?"

Der Direktor:

„Einfach deshalb, weil sie sich in einer Phase besonderer Akkom-
modation befinden."

Ich dachte darüber nach, wie mich damals mein weiter Weg zur Bank
geführt hatte. Ich dachte darüber nach, wie alle Wege zur Bank führten.

Der Bankrevisor:

„Wir haben festgestellt, dass alle italienischen Wechsel wertlos sind."

Der Direktor:

„Wir bürgen für sie."

Ich erzählte Elin:

„Ich glaube, der Hund hieß Jessie."

Der Direktor:

„Eine Bank kann doch nicht einfach ausradiert werden."

Der Bankrevisor:

„Ich habe die Liquidationen der Hypothekenbank Fränsta, der
Volksbank Hudiksvall, der Bankaktiengesellschaft Tranås und der
Kaufmannsbank Sundsvall durchgeführt."

Der Verwaltungsrat der Bank dankte ab. Ein neuer Verwaltungsrat wurde ernannt. Der Direktor dankte ab. Ein neuer Direktor wurde ernannt.

Die Erste Kassenprüferin:
„Es ist eine Schande, dass sich der ehemalige Direktor als umherreisender Versicherungsagent verdingen muss."

April. Ich spazierte die Allee entlang, durch das Portal hinein, mitten durch die Stempel. Hinein in die Tintenfässer, hinein in die Sprossenradmaschinen. Ich stellte mich dem neuen Direktor vor und erzählte ihm, wie ich zur Bank gekommen war und was ich bisher in der Bank gemacht hatte.

Der Erste Kämmerer:
„Der Direktor ist der Ansicht, es solle mehr Beweglichkeit zwischen den Abteilungen herrschen. Das Personal müsse die Bank als Ganzheit begreifen. Man solle nicht sein ganzes Leben in derselben Abteilung sitzen."
Ich:
„Welcher Ansicht bist du?"
Der Erste Kämmerer:
„Ich bin ebenfalls der Ansicht, dass man mehr Rotation braucht."

Der Direktor:
„Was macht er? Er in dem kleinen Raum?"
Ich:
„Das ist der Zirkularkorrespondent."

Ich ging mit dem Direktor im Kassensaal umher. Gemeinsam verfolgten wir den Austausch zwischen Kunden und Bankangestellten.

Der Direktor:

„Ist es nicht erstaunlich, wie friedvoll es mitunter in der Bank sein kann? Und dennoch hören wir nun in diesem Rascheln, diesem Schaben und diesem Flüstern nichts anderes als die gewaltige Kraft des Kredites."

Mai. Elin sagte zu mir:

„Mai, Mai, Mondgesicht, dich führ' ich hinters Mondenlicht."

Der Direktor sagte zum Zirkularkorrespondenten:

„Wie dem auch sei, die Bank hat keinen Bedarf mehr an einem gesonderten Zirkularkorrespondenten."

Ich spazierte mit Elin durch die frisch renovierten und neu eingerichteten Räume. Standard war helles Furnier. Die Chefmöbel waren etwas dunkler.

Der Direktor rief das gesamte Personal zu einer Informationsversammlung zusammen. Der Hauptschatzmeister fragte:

„Wir verstehen richtig, dass in absehbarer Zeit kein Betriebsfest stattfinden wird?"

Ich besuchte den Gewölbekämmerer. Er blätterte in einer illustrierten Broschüre des Zoologischen Gartens von Berlin:

„Ich sitze hier in meiner Einsamkeit und denke. Ich denke so viel hin und her, dass ich vermutlich bald eine größere Hutnummer habe."

Die Bankangestellten sammelten sich am Eingang und nahmen vom Hausmeister Essensmarken für die Abendschicht entgegen. Quittierten und nahmen sie entgegen.

Der neue Verwaltungsrat beschloss, Mittel für die Skulptur *Badende Jugend* zur Verfügung zu stellen.

Ich:
„Hier sitzen wir in unserer Bequemlichkeit und lassen das Geld für uns arbeiten."
Der Gewölbekämmerer:
„Wir sind unserer Sklaven erbärmlichste Sklaven."

In der Darlehensabteilung wurde ein Linienwähler mit Nebenstellenapparaten eingeführt. Der Linienwähler hatte eine Scheibe mit einem Drehknopf darauf. Diesen drehte man auf der Scheibe zum Beispiel auf die Ziffer Fünf. Dann wurde das Gespräch zu Apparat Nummer fünf geleitet.

Ich:
„Aber was ist eine Bank?"
Der Direktor:
„Die Grenzen zwischen Bank-, Börsen- und Finanzwesen sowie weiteren Gebieten menschlicher Schöpfung sind natürlich fließend."

Der Hauptschatzmeister wurde zum stellvertretenden Verwaltungsratsmitglied der Vereinigung der Bankangestellten gewählt.

Der Direktor:

„Der Goldmünzfuß ist nun also abgeschafft. Jetzt ist die Krone an das Pfund gebunden."

Ich:

„Aber auf dem Fünfkronenschein steht, dass die Schwedische Reichsbank ihn gemäß Reichsmünzgesetz auf Verlangen gegen eine Goldmünze einlöst."

Der Direktor:

„Es stimmt, dass es so draufsteht. Aber die Goldeinlösepflicht ist gemäß einem gesonderten Gesetz abgeschafft."

Ich zeigte Elin die Fotografien:

„Das sind mein kleiner Bruder und meine kleine Schwester. Ich habe sie nie kennengelernt. Sie sind in Amerika geboren."

Der Telefonist:

„Der Direktor sagt, ich könne wegen meines Sprachfehlers nicht in der Telefonzentrale arbeiten. Habe ich einen Sprachfehler? Hör mal. Hört man, dass ich einen leichten Sprachfehler habe?"

Ich sah ein paar Kinder, die im Kassensaal standen und ein flinkes Klatschspiel spielten. Die Kinder waren Geschwister, deren Eltern in der Schlange am Schalter warteten. Die Eltern drehten sich um. „Scht!" zischend.

Juni. Elin und ich erwägten zu heiraten. Der Direktor:

„Wenn ihr heiratet, bin ich der Erste, der euch beglückwünscht."

Der Direktor zeigte mir seinen Briefbeschwerer in Form einer Eule:
„Sie ist das Symbol der Weisheit."
Ich:
„Und was ist das, was da neben der Eule steht?"
Der Direktor:
„Das ist eine kleine Werbefigur von Triumph-Adler."

Ich verließ die Bank bei Tagesanbruch und folgte den Krähen. Ich sah, wie sie die Ufer rund um die städtischen Seen absuchten. Wie sie sich Flüsse und Kanäle entlangbewegten.

In der Verwaltungsabteilung wurde das Haustelefon Interfon eingeführt.

Der Direktor:
„Wir haben einen Personalchef eingestellt."
Der Hauptschatzmeister:
„Wo sitzt er?"
Der Direktor:
„In der Personalabteilung."

Ich ging während meiner Pause umher und spürte Vertrautheit mit der Bank und allem da draußen. Allem da draußen und der Straße, die sich von zu Hause bis zur Bank erstreckte. Der Straße und der Allee, die ich einmal entlanggewandert war.

Ich:
„Irgendjemand muss bei all dem doch verlieren?"

Der Direktor:

„Nein, alle gewinnen."

Der Gewölbekämmerer öffnete und schloss den Mund, still, ohne Stimme. Er sperrte den Schlund auf. Klappte dann die Kiefer zusammen, sodass man die Zahnreihen gegeneinanderschlagen hörte.

Ich fragte ihn:

„Warum machst du das?"

Er starrte mich mit großen Augen an und ließ die flachen Hände vor und zurück durch die Luft gleiten:

„Schau. Kleine Fische in einer Unterwasserhöhle."

Der Darlehenskämmerer:

„Die Kunden sind mir zuwider. Sie können nicht zwischen Schuldschein und Quittung, Bestätigung und Bekräftigung, Gläubiger und Bürge, belasten und bezahlen, gutschreiben und erlassen unterscheiden."

Der neue Telefonist:

„Man soll dem Kunden gegenüber freundlich sein. Trotzdem recht knapp im Ton. Man darf nicht zu persönlich klingen. Dennoch muss man mit einer gewissen Weichheit in der Stimme sprechen. Man muss sich von den Kunden abgrenzen. Aber sie gleichwohl spüren lassen, dass man um ihretwillen da ist."

Der Direktor:

„Spargemeinschaften sind eine beliebte und reizvolle Form des Sparens. Man kann am Arbeitsplatz eine Spargemeinschaft bilden. Man kann Jugendkassen bilden, Wohnkassen, Pensionskassen und Schulkassen. Jedes Schulkind bekommt von uns ein eigenes Sparbuch mit einem Anfangsguthaben von fünf Kronen. Alle Magister und Fräulein, die beim Schulsparen mithelfen, bekommen von uns einen hübschen roten Taschenalmanach aus echtem Leder."

August. Ich besuchte den Gewölbekämmerer. Er saß auf dem Fußboden des Gewölbes und summte eine Weise. Er fragte mich:

„Was ist dieses Haus für ein seltsames Tier? Was ist das, worauf ich umherreite?"

Ich stand mit dem Direktor da und betrachtete das Personal. Er sagte:

„Siehst du? Manche tanzen. Andere weinen."

Ich:

„Wieso werden Frauen nach einer Heirat entlassen?"

Der Erste Kämmerer:

„Aus Prinzip."

Ich:

„Aber wir haben nicht genug Geld."

Der Erste Kämmerer:

„Für Mädchen kommt es darauf an, sich einen Burschen zu wählen, der die Verantwortung für den Lebensunterhalt übernehmen kann."

Ich stand mit dem Verwaltungskämmerer da und betrachtete die Kunden. All die Sparer. All die Kreditnehmer. Er sagte:

„Ich bin es, der in diesen Gegenständen versickert."

Der Darlehenskämmerer:

„Ich verabscheue die Kunden. Sie können nicht zwischen Entgelt und Geldbuße, Benachrichtigung und Nachforschung, ausbezahlt und unbezahlt, juristischer Person und Jurist, Stundung und Duldung unterscheiden."

Der Direktor:

„Heute bekommen wir von der Reichsbank eine umfassende Geldscheinlieferung."

Ich:

„Hat die Reichsbank unendlich viel Geld?"

Der Direktor:

„Solange die Scheine in der Reichsbank verwahrt werden, sind sie bloß Zettel ohne Wert. Wenn wir hier in der Bank mehr Scheine brauchen, schickt uns die Reichsbank Scheine. Dann erhalten sie einen Wert."

Ich besuchte den Gewölbekämmerer im Gewölbe. Er zeigte mir seine Münzsammlung. Ich:

„Warum sammelst du Münzen?"

Der Gewölbekämmerer:

„Ich weiß es nicht. Ich verstehe auch nicht, weshalb ich sie der Zirkulation entziehen will."

Ich:

„Aber wenn du dir eine Sammlermünze zulegst, beförderst du die Zirkulation. Du kaufst die Münze ja mit deinem Geld."

Ich sagte zum Darlehenskämmerer:

„Mal sitzt du Kunden, die zu dir kommen, schweigend gegenüber. Mal redest du ohne Pause."

Er:

„Wenn ich will, kann ich meine um Kredit ersuchenden Kunden mit meinem Schweigen zur Verzweiflung bringen. Dann werden sie fahrig und stammeln alle möglichen Argumente hervor, die sich gegen sie selbst wenden. Aber ich kann auch einseitig redefreudig sein. Ich äußere mich dann bedächtig in wohl gewählten Formulierungen und nutze die Macht, von der ich weiß, dass sie in meiner Stimme liegt. Sprechen oder schweigen. Wie auch immer die Entscheidung ausfällt, am Ende wissen die Kunden, das mein Urteil das einzig richtige war."

Der Direktor führte die neuen, standardisierten Papierformate ein. Sämtliche Tische, Schubladen und Schränke wurden ausgewechselt, um mit den neuen Formaten übereinzustimmen.

Oktober. Ich stellte mir zukünftige Bankbeamte vor, die auf dem Weg waren. Die Allee entlang. Den ganzen Weg zur Bank.

Elin fragte:

„Wie heißen deine amerikanischen Geschwister?"

Der Direktor informierte das Personal:

„Ihr wart Schnecken. Ihr wart Zapfen und Laub. Ihr wart Pollen und Plankton. Und nun steht ihr hier an euren Pulten."

Der Erste Kämmerer:

„Ich habe vollstes Vertrauen in unseren Direktor. Er ist ein warmherziger Mensch, welcher der Ablehnung des Kreditgesuches eines Kunden eine solche Form geben kann, dass der Betreffende nicht nur das Motiv der Ablehnung versteht, sondern zudem noch die Bank mit dem Gefühl, wertvolle Ratschläge mit auf den Weg bekommen zu haben, verlässt."

Ich fragte den Hauptschatzmeister:
„Was ist da in der Schublade?"
Der Hauptschatzmeister:
„Das sind aussortierte Münzen. Jede Münze, sei sie aus Gold, Silber, Nickel, Bronze oder Eisen, die durch Kratzen, Feilen, Bohren, Löten oder andere Einwirkungen entstellt worden ist, verliert ihre Eigenschaft als gesetzliches Zahlungsmittel."

Der Direktor rief mich zu sich und zeigte mir seine Sparbüchsensammlung:
„Die Kuh, die die Magd und den Milcheimer umtritt, wenn man eine Münze in den Schlitz im Rücken der Kuh steckt. Die Adlermutter, die die Münze ins Nest legt und dabei mit den Flügeln schlägt. Wilhelm Tell, der den Apfel vom Kopf seines Sohnes schießt, wenn man eine Münze in den Bogen spannt. Der Zahnarzt, der, wenn man ihm die Münze in die Kitteltasche steckt, den Zahn des Patienten mit einem solchen Ruck zieht, dass beide hintenüberfallen."

Ich fragte den Hauptschatzmeister:
„Aber diese Münze ist doch nicht beschädigt?"
Der Hauptschatzmeister:
„Sie ist nicht beschädigt, aber viel zu abgenutzt. Die Scheidemünzen sind dann kein gesetzliches Zahlungsmittel der Staatskassen mehr, wenn sie so abgenutzt sind, dass man nicht mehr erkennen kann, ob sie aus staatlicher Prägung stammen."

Ich schlenderte durch den neuen Konferenzraum. Auf dem Tisch lagen vor jedem Stuhl ein Ringbuch, ein Kugelschreiber und ein Pfefferminzbonbon. Ich versuchte, mich an den Tag zu erinnern, an dem ich zum ersten Mal einen Kugelschreiber gesehen hatte.

Die Erste Kassenprüferin:

„Es ist schade, dass man bei der Arbeit so unbeweglich ist. Ein Mensch muss von Zeit zu Zeit Arme und Beine ausschütteln können. Man tut gut daran, ein Weilchen umherzuhüpfen, wenn keine Kunden da sind."

Der Hauptschatzmeister:

„Vorvoriges Jahr hatte ich keinen Urlaub, voriges Jahr eine Woche, dieses Jahr zwei Wochen. Wer weiß, nächstes Jahr werden es vielleicht drei Wochen? Es geht bestimmt immer so weiter."

Der Direktor:

„Du wirst sehen, bald hast du schlicht und einfach ewig Urlaub."

Es gab eine Ombudsabteilung mit einem Leiter. Dieser sagte zu mir:

„Ich habe gehört, dass Elin und du vielleicht heiraten wollen?"

Ich ging während meiner Pause umher und sah Unglücke in der Bank geschehen. Blutvergiftung im Notariat. Ein durchgehendes Pferd in der Verwaltungsabteilung.

Der Direktor:

„Der stete Anstieg der Zahl der Banken beunruhigt die Menschen. Sie wollen ihr Vertrauen lieber in eine geringere Zahl von Banken setzen. Wir legen die Värmlandsbank und die Kristinehamnsbank zusammen. Wir lassen die Skandinavische Kreditaktiengesellschaft und die Skånische Handelsbank zusammengehen. Wir fügen die Härnösandsbank und Gefleborgs Privatbank zusammen."

Die Außerordentliche Kassenprüferin:
„Ich habe lange gehofft, Lehrerin werden zu können, oder am allerliebsten Schauspielerin."

Der Hauptschatzmeister:
„Jetzt wollen sie, dass wir in ein Formular eintragen, was wir den ganzen Tag machen, von morgens, wenn wir in die Bank kommen, bis abends, wenn wir heimgehen."
Die Assistentin des Verwaltungskämmerers:
„Es gab mal einen, der hinter mir sitzen und kontrollieren wollte, wie lange ich brauche, um einen Brief abzutippen. Aber das habe ich ihm nicht gestattet."

Der Leiter der Ombudsabteilung:
„Setz ein Testament auf. Es gibt Dinge, die man nicht vorhersehen kann. Ein Vollmachtgeber stirbt. Aber die Vollmacht bleibt bestehen."

Der Gewölbekämmerer:
„Siehst du nicht, dass die Münzen in den Händen des Darlehenskämmerers verrosten wie altes Eisen?"

Ich sagte zu Elin:
„Meine Schwester hieß Sara und mein Bruder hieß Georg. Hieß, heißt. Sie leben vielleicht noch und sind gesund."

Der Gewölbekämmerer:

„Glaubst du, es bestünde Interesse beim Personal, wenn ich eine kleine Probevorstellung gäbe?"

Der Direktor:

„Wir fügen weitere unserer Banken zusammen. Norrköpings Privatbank wird mit Östergötlands Privatbank zusammengeführt. Die Upplandsbank, Södermanlands Privatbank und die Bank der Mälarprovinzen werden zusammengeschlossen. Die Angestelltenbank und Kopparbergs Privatbank gehen zusammen. Nylands Volksbank geht in Sundsvalls Privatbank auf."

Dezember. Ich ging während meiner Pause umher. Ich sah all die elternlosen Kinder, durch verschiedene Teile Schwedens wandernd. Alle mit der Bank als Ziel vor Augen.

Der Gewölbekämmerer zeigte mir die Stahltür zum neuen Depotgewölbe:

„Schau hier. Der Mechanismus ist durch die Glasscheibe auf der Innenseite der Tür sichtbar. Ich kann stundenlang dasitzen und ihn angucken."

Elins Familie organisierte die Hochzeitsfeier. Elins Vater sagte:

„Wenn die Tochter herangewachsen und zu einer jungen Frau geworden ist, bleibt nicht aus, dass sich die Gedanken des Vaters und der Mutter oft um die kleine Frage drehen: Welchen jungen Mann wird es heiraten, unser Mädchen?"

Ich sagte zum Direktor:

„Wer vermögend ist, sollte es sich leisten können, den Angestellten zu deren Ehrentagen teurere Geschenke zu machen."

Der Direktor:

„Die Gaben des Reichen müssen nicht teuer sein."

Der Gewölbekämmerer:

„Demnächst wird es hier im Kassensaal eine Abendvorführung geben. Wenn ihr alle Zeit habt? Und Lust? Das Debüt eines Illusionisten."

Ich setzte mich am Abend in den Schuppen des Hinterhofs der Bank und hörte, wie sich die Krähen auf dem Dach des Schuppens sammelten. Folgte ihnen in der Morgendämmerung und sah, wie sie nach Vogelnestern mit Eiern und Dunenjungen zum Verzehr Ausschau hielten.

Elins Vater sagte:

„Das ist ein großer Tag für euch beide. Vielleicht der größte und glücklichste, den ihr erleben werdet. Möget ihr immer selig sein und baden in des Glückes Sonnenschein."

Der Hauptschatzmeister:

„Ich habe niemals irgendetwas geschenkt bekommen."

Elin und ich fingen in der Korrespondenzabteilung an.

Der Korrespondenzkämmerer:

„Unsere Aufgabe ist es, Personen und Firmen zu betreuen, die an Orten wohnen, an denen die Bank keine Außenstelle hat."

Die Assistentin des Verwaltungskämmerers:

„Hin und wieder werde ich von einem jungen Mann, der kochen kann, zum Abendessen eingeladen."

Bei Öffnung der in der Korrespondenzabteilung eingegangenen Post waren mindestens drei Personen zugegen, um gemeinsam eventuelle formale Mängel der Briefe feststellen zu können.

Elins Vater sagte:

„Zum Jazz des Lebens auf Rosen ein Tanz und die Vielfalt des Glücks in all seinem Glanz. Wir feiern euch. Das Brautpaar lebe hoch."

Die Maschinenschreiberinnen der Korrespondenzabteilung:

„Wir fassen die Briefe der Korrespondenten ab. Sie tun nichts anderes als zu unterzeichnen und wichtig auszusehen."

Es konnte passieren, dass ich noch in der Bank war, wenn abends die Putzfrauen kamen. Dann stand ich eine Weile da und sah ihnen zu. Wie sie putzten, mit ihren Bürsten und Lumpen. Sie summten und pfiffen. Und plauschten ein wenig miteinander, über irgendetwas, wovon ich nichts wusste. Ihre Kinder vielleicht.

Der Darlehenskämmerer zu den Korrespondenten:

„Wir können in unserer Korrespondenz nicht Zeit und Energie mit all diesen antiquierten Schmeicheleien vergeuden."

Er teilte Zettel aus, die sämtlichen Briefen beigefügt werden sollten. Auf den Zetteln stand: ‚Gemäß Beschluss verzichten wir in unseren Briefen auf sachlich unnötige Wendungen und Höflichkeitsphrasen, also auch auf die Versicherung der Hochachtung, die wir als selbstverständlich ansehen, und bitten um Selbiges in Briefen an uns.'

Die Assistentin des Verwaltungskämmerers:

„Wenn ich spät abends die Bank verlasse, trage ich ganze Körbe unerledigter Arbeit mit nach Hause."

Der Verwaltungskämmerer:

„Alle schätzen dich. Aber zu später morgendlicher Dienstantritt kann auch mit noch so löblichen Überstunden nicht kompensiert werden."

Elin wurde nicht entlassen, obwohl wir geheiratet hatten.

Der Gewölbekämmerer fragte mich:

„Kannst du mir etwas leihen?"

Ich:

„Weder leihe ich mir Geld noch verleihe ich es."

Der Gewölbekämmerer:

„Wer so spricht, hat die menschliche Gemeinschaft verlassen."

Sträucher und Gräser wuchsen in der Bank. Aber Menschen liefen permanent hin und her, sodass sich breite Pfade bildeten und die Vegetation verschwand.

Die Assistentin des Verwaltungskämmerers:

„In der Bank erreicht eine Frau niemals denselben Rang wie ein Mann. Ein Mann bekommt seine Medaille bei einem richtigen Abendessen. Aber die Frau, sie bekommt ihre Medaille bei einem Kaffee in der Kantine."

Neujahr. Elin und ich wünschten einander ein frohes neues Jahr. Wir wünschten inniglich.

Die Assistentin des Verwaltungskämmerers:

„Die Herren sind immer etwas beweglicher. Sie können Dienstangelegenheiten abstempeln und dann der Frau zur Last fallen. Gewisse Herrschaften sagen, sie machen einen Kundenbesuch und kommen erst am nächsten Tag wieder."

Der Gewölbekämmerer:

„Alles Neue ist willkommen. Hauptsache, es ist neu, neu."

Der Direktor:

„Wir hören nicht auf mit den Bankenzusammenlegungen. Solleftteås Volksbank geht in Sundsvalls Privatbank auf. Vimmerbys Volksbank und Gamlebys Volksbank gehen in Stockholms Diskontbank auf. Värnamos Sparkasse wird mit Södra Unnaryrds Sparkasse zusammengefasst. Dalarnas Volksbank und Medelpads Regionalbank gehen zusammen. Oskarshamns Privatbank geht in Smålands Privatbank auf. Tranås Bankaktiengesellschaft geht in Malmös Volksbank auf."

Ich:

„Wie viele Angestellte gibt es in der Bank?"

Der Direktor:

„Es kommt selten vor, dass ein Bankangestellter von der Gehaltsliste gestrichen wird. Stattdessen kommen stetig neue hinzu."

Ich:

„Aber manchmal sterben doch wohl Leute?"

Der Direktor:

„Vakanzen aufgrund von Todesfällen entstehen bisweilen. Aber sie werden schnell wieder gefüllt."

Der Hausmeister lieferte auf einem Wagen einen großen Karton an. Sundstrands vollautomatische Buchungsmaschine.

Die Korrespondenzabteilung begab sich auf eine Sprachreise nach England. Nur die Maschinenschreiberinnen blieben, um das Tagesgeschäft zu erledigen.

Die Assistentin des Verwaltungskämmerers zog Papiere aus einem abgegriffenen Kuvert. Sie sagte:

„Von Zeit zu Zeit betrachte ich meine Urkunden und Zeugnisse. Ich habe eine Ausbildung im Maschinenschreiben bei Facit in Åtvidaberg gemacht und gute Noten in schwedischer Stenografie. Mein Schreibtempo beträgt einhundertfünfundsiebzig Silben allgemeinen Text pro Minute, zweihundert Silben Handelstext, sehr gut. Ausländische Stenografie einhundertfünfzig Silben pro Minute, noch gut."

Sie steckte ihre Urkunden und Zeugnisse zurück in das abgegriffene Kuvert.

Der Direktor zum Personal:
„Wenn ihr bis zur Rente auf dem Sparbuch spart, verspricht die Bank, am Ende ebenso viel dazuzugeben."

Der Gewölbekämmerer:
„Du und ich, wir verstehen einander. Die anderen verstehen gar nichts."

Der Direktor:
„Siehst du?"
Ich:
„Was soll ich sehen?"
Der Direktor:
„Eine Unmenge schlummernder Millionen. Wir sollten sie wecken."

Die Wertpapiere aus dem Extragewölbe wurden heraufgeschafft und als Abfall entsorgt. Der Hausmeister:
„Das ist viel zu schleppen. Es müssen einige hundert Tonnen sein."

Der Verwaltungskämmerer:
„Ich habe einen Kurs in Banktechnik besucht. Ich kann vom Allerneuesten erzählen."

Der Gewölbekämmerer trat als Illusionist auf. Er pustete sich in die geballte Faust, öffnete sie und präsentierte seine Handfläche. Die Münze war weg.
    Er rieb Zeigefinger und Daumen aneinander. Die Münze war wieder da.
    Er streckte die Hand in die Luft und die Münze war weg.

Er tastete unter dem Sakkorevers des Verwaltungskämmerers entlang und die Münze war wieder da.

Er nahm etwas Unsichtbarkeitssalz aus seiner Sakkotasche und die Münze verschwand. Die hüpfende Münze. Die durchdringende Münze. Die Münze durch den Tisch. Die Münze durch das Taschentuch. Die Münze durch den Ring. Die wandernde Münze.

Die Erste Kassenprüferin:

„Wie machst du das? Wie macht er das?"

Ich:

„Aber was haben wir jetzt für einen Standard? Keinen Goldstandard? Auch keinen Silberstandard?"

Der Direktor:

„Wir haben einen Papierstandard."

Der Hauptschatzmeister:

„Wir verstehen nicht, wieso das versprochene Betriebsfest einfach nicht stattfindet."

Ich:

„Manchmal habe ich die Kunden satt."

Der Erste Kämmerer:

„Selbst Bakterien können von Parasiten geplagt werden."

Der Gewölbekämmerer sagte zur Ordentlichen Kassenprüferin:

„Die Münze ist also hier unter dem Taschentuch? Sieh genau hin. Behalte sie im Auge. Willst du mir die Münze reichen? Gib gut acht. Die Münze passiert das unsichtbare Loch. Jetzt ist die Münze im Garnknäuel. Fühl nach. Ich werde nun laut bis drei zählen. Die flüssige

Münze. Die Münze, die in der Hand verschwindet. Die Münze im Ärmel. Die frei an der Wand hängende Münze. Die sich auflösende Münze. Die Münze durch das Tuch. Die balancierende Münze. Die kreiselnde Münze."

Februar. Elin und ich fingen in der Devisenabteilung an.

Die Assistentin des Devisenkämmerers:
  „Man kommt her, selbst wenn man verschnupft ist. Man kann nicht krank sein und zu Hause bleiben."

Ich:
  „Es gibt nur noch den Papierstandard. Aber was ist, wenn ich meine Scheine einlösen will?"
  Der Direktor:
  „Willst du deine Scheine einlösen, bekommst du lediglich andere Scheine zurück."

Der Hausmeister transportierte sechs Exemplare der neuen Rechenmaschinen in die Devisenabteilung. Marke Monroe, Modell MA-Triplex.

Der Devisenkämmerer:
  „Das Geld befindet sich in Spanien. Aber ich brauche es in Holland. Wissel. Cambio. All das."

Der Gewölbekämmerer zum Ersten Kämmerer:
  „Aha, das Einkronenstück, ihr wollt das Einkronenstück zurückha-

ben? Seht her, es hat sich in ein Fünförestück verwandelt. Doch genau diese Münze ist euer Einkronenstück. Im Moment steht es unter Einfluss von Elektrizität. Schaut, hier hängt ja ein Zweikronenstück in der Luft. Hier klettert ein weiteres die Wand hinauf. Hier hat sich offenbar ein unerwarteter Gast im Haar des Fräuleins eingenistet. Entschuldigen Sie, mein Herr, aber in Ihrem Bart sitzt ein Einkronenstück. Verzeihung, meine Dame, Sie haben soeben Ihren hübschen Fuß auf ein Fünzigörestück gestellt."

Der Hauptschatzmeister:
„Hast du das in einem Abendkurs gelernt?"
Der Gewölbekämmerer:
„Ein Illusionist verrät niemals seine Tricks."

Der Verwaltungskämmerer:
„Manchmal, wenn ich an die Kundinnen denke, denke ich an ihre Brüste und Schöße. Auch bei den Frauen im Personal. Brüste und Schöße. Ich sollte mich wahrscheinlich schämen. Sollte ich mich schämen?"

Der Direktor:
„Ich verstehe das Streben der Verrückten nach kaiserlichen Höhen nicht. Das Leben des Kaisers ist einsam, leer und trist."

Die Assistentin des Devisenkämmerers:
„Ich wollte auf eine Hochzeit fahren und Brautjungfer sein. Aber der Kämmerer erlaubte mir nicht zu verreisen."

Der Direktor:
„Ich kann das Personal mit der Nachricht erfreuen, dass nun eine Festlichkeit in Planung ist. Und dass es nicht nur irgendein beliebiges

Allerweltsbetriebsfest wird, sondern ein wirklich elegantes Jubiläumsabendessen im Festsaal des Stadthotels."

Der Devisenkämmerer:
    „Willst du wissen, in welcher Nation du dich befindest? Dann schau
dir den Schein an, den du beim Bezahlen in der Hand hältst. Yen,
Rubel, Escudos, Lire. Dann weißt du, wo du bist."

Der Darlehenskämmerer:
    „Der Bankrevisor wurde gesichtet. Ich habe dem Direktor mitge-
teilt, dass jeden Augenblick mit der Ankunft des Bankrevisors hier in
der Bank zu rechnen ist."

Der Direktor sagte:
    „Ich unterlasse es, Gewinne in Gewinn- und Verlustrechnungen
auszuweisen, indem ich die Erträge abschreibe und den Gewinn auf
ein separates Konto schiebe. Ich verschaffe mir Zugang zu den Bankfä-
chern von Verstorbenen, lasse unerschlossenes Brachland mit überhöh-
ten Hypotheken belasten und überweise ein und dieselben Summen
auf mehrere Konten. Um die Mitglieder des Verwaltungsrats zu besänf-
tigen, kaufe ich ihnen Schuldverschreibungen ab, die ich ihnen dann
für ein Zehntel des ursprünglichen Wertes zurückverkaufe."

Die Assistentin des Devisenkämmerers:
    „Ein naher Verwandter ist gestorben. Ich wollte schwarz tragen, um
meine Trauer und meinen Respekt zu bekunden. Aber ich durfte in
der Bank nicht schwarz tragen."

Der Bankrevisor zum Direktor:

„Du spielst Hasard mit dem Geld der Bank."

Der Direktor:

„Es geht einzig darum, die aktuell besten Anlagen zu tätigen."

Der Bankrevisor:

„Sind das sichere Anlagen?"

Der Direktor:

„Das Leben bringt viele Risiken und Verpflichtungen mit sich, und das Beste fällt nicht immer mit dem Sichersten zusammen."

Der Devisenkämmerer:

„Nur bei Hoftrauer wird in der Bank Trauerkleidung getragen. Allein bei der eigenen Hochzeit wird Urlaub gewährt. So ist das eben. Das waren nicht meine Ideen."

Der Direktor:

„Wer möchte schon als Gläubiger schwacher Kredite auf der schwarzen Liste der Bankrevision landen?"

Der Bankrevisor:

„Du scheinst dort landen zu wollen."

Der Hausmeister:

„Als ich einstmals vor langer Zeit in der Bank anfing, musste ich die Latrineneimer leeren. Aber die Zeiten haben sich geändert. Heute darf ich Ballons und Papierschlangen für das große Jubiläumsabendessen einkaufen."

Der Direktor:

„Die Bank tut alles in ihrer Macht Stehende, um dem Vertrauen, das die Allgemeinheit ihr entgegenbringt, gerecht zu werden. Aber es muss unbedingt einen endgültigen Gläubiger geben. Einen letzten Anker, eine unverrückbare Bank der Banken."

Der Bankrevisor:

„Du bist nicht der erste Bankbeamte, der sich Fantasien über einen zentralen Garanten allen sich im Umlauf befindlichen Geldes hingibt."

Die Außerordentliche Kassenprüferin:

„Man soll fröhlich und nett und stets zu Diensten sein und dem Kunden helfen und ihm am besten noch das kleine Extra geben."

Der Direktor rief sein Personal zusammen:

„Lasst euch nicht ängstigen von der bösen Schwarzmalerei des Bankrevisors."

Der Gewölbekämmerer:

„Es fühlt sich an, als wäre über meiner linken Schläfe eine kleine Faser gerissen."

Ich:

„In einer Bank kommt es vielleicht gelegentlich zu gewissen Ungereimtheiten?"

Der Direktor:

„Man verbucht sie, dann gehen sie ins System ein und werden Gereimtheiten."

Der Gewölbekämmerer:

„Ich fantasiere mitunter. Ich glaube, das ist die Untätigkeit des

Körpers und des Bewusstseins, die verrückten Wahnvorstellungen freien Lauf lässt."

Der Direktor sagte:
„Ich arrangiere eine Reihe von Darlehen, welche die Hauptverwaltung den Zweigstellen gewährt. Die Darlehen werden ausgezahlt, aber nicht in vollem Umfang. Ich eigne mir die Differenzbeträge an. In der Buchführung werden das Posten, die zwischen der Hauptverwaltung und den Zweigstellen schweben."

Der Darlehenskämmerer:
„Hunde sollen ja vor der Bank angebunden werden. Aber manche Damen nehmen ihre kleinen Kläffer mit in den Kassensaal, als wäre nichts selbstverständlicher."

Der Direktor sagte:
„Nun werde ich voraussichtlich bald den ein oder anderen Gefängnisdirektor kennenlernen?"

Der Verwaltungsrat dankte ab und gab zugleich die Abdankung des Direktors bekannt.

Ich begleitete den Direktor zum Gefängnis. Er fragte einen Oberkonstabler:
„Darf man eigene Blumentöpfe in seiner Gefängniszelle haben?"
Der ehemalige Direktor.

Der Darlehenskämmerer:

„Man sollte ihm die falschen Münzen um den Hals binden und ihn köpfen."

Die Assistentin des Verwaltungskämmerers:

„Man sollte ihn mitsamt den falschen Münzen in einen brennenden Ofen werfen."

In seiner Gefängniszelle mit seinen Pflanzen als einzigen Zuhörern arbeitete der ehemalige Direktor detaillierte Schilderungen des Sachverhaltes aus.

Die Maschinenschreiberinnen:

„Man sollte ihn die falschen Münzen eine nach der anderen verspeisen lassen."

Der Erste Kämmerer:

„Man sollte ihn Tag und Nacht nackt an einem großen Pfahl vor der Bank hängen lassen und mit den falschen Münzen am ganzen Körper brandmarken."

Der ehemalige Direktor erlitt einen Schlaganfall, zog sich eine halbseitige Lähmung zu und verlor sein Sprachvermögen.

Er gab von seiner Gefängniszelle aus eine fünfzehnseitige Broschüre unter dem Titel *Personen und Ereignisse, die mir im Gedächtnis blieben* heraus.

April. Elin sagte zu mir:

„April, April. Ich schmier' dich an, wie ich will."

Ein neuer Verwaltungsrat wurde ernannt. Ein neuer Direktor wurde ernannt. Ich wanderte die Allee entlang. Ich ging hinauf in die Direktionsetage und weiter bis zum neuen Direktor.

Ein Handelsreisender in Knöpfen tauchte auf und war charmant zum weiblichen Schalterpersonal.

Der Darlehenskämmerer:

„Er, der da, darf ‚mein Herzchen' sagen. Aber ich, ich darf auf gar keinen Fall ‚mein Herzchen' sagen."

Was machte der neue Direktor? Der neue Direktor sagte das Jubiläumsabendessen ab:

„Es wäre unverantwortlich, in der jetzigen Lage der Bank Geld für Festlichkeiten zu verschwenden. Im Übrigen gab es hier niemanden, der mir hätte sagen können, um was für ein Jubiläum es sich überhaupt handelt."

Der Gewölbekämmerer:

„Ich habe gehört, dass Ärzte, die Geisteskranke behandelten, von anderen Ärzten selbst für verrückt befunden und für den Rest ihres Lebens in der Klinik gefangen gehalten wurden."

Der Direktor unterzog das Bankgebäude einer umfassenden Neugestaltung. Den Kassensaal ließ er vom ersten Stock ins Erdgeschoss verlegen und mit großen Fenstern, deren untere Hälfte mit schweren Gardinen verhängt wurde, ausstatten. Die Direktionsetage ließ er mit Leinentapeten, die eine Faserstruktur aufwiesen, versehen.

Der Darlehenskämmerer:

„Oft sitzt man doch da und diskutiert mit einem Kunden, da ist der Wippstuhl angenehm. Der Kunde soll bequem in seinem Lehnstuhl sitzen. Dann fühlt er sich wertgeschätzt. Aber der Lehnstuhl des Kunden darf nicht größer sein als mein Wippstuhl."

Der Verwaltungskämmerer:

„In meiner Abteilung wollen die Angestellten plötzlich überall Luftbefeuchter haben. Sie sagen, die Luft sei zu trocken."

Ich fragte den Direktor:

„Warum sind die Fenster zur Straße so groß?"

Der Direktor:

„Weil sich die Bank allen Menschen auf der Straße öffnen soll."

Ich:

„Aber warum hängen dann verhüllende Gardinen vor den Fenstern?"

Der Direktor:

„Weil es Aufgabe der Bank ist, zu schützen und zu bewahren."

Die Außerordentliche Kassenprüferin:

„Um den mickrigsten kleinen Teppich zu kriegen, muss man offensichtlich Abteilungsleiter sein. Das gewöhnliche Schalterpersonal braucht vielleicht wirklich keine Teppiche. Aber ich finde, wir Kassenprüfer sollten zumindest einen ordentlichen Schreibtischvorleger haben."

Der Darlehenskämmerer:

„Der Direktor hat beschlossen, mich auf einen dreitägigen Kurs zur Psychologie der Mitarbeiterführung zu schicken."

Der Hauptschatzmeister:
„Ich habe einen Kleiderständer aus Mahagoni bestellt."

Juni. Elin und ich begannen in der Intendantur.

Juli. Der Hausmeister lieferte auf seinem Wagen eine Reihe neuer Prägemaschinen samt Adressiermaschinen des Herstellers Adrema an. Er trug Kartons mit den zugehörigen Zinkplatten umher.

Biegespannung. Rissausbreitungskräfte. Membranbiegung. Drillknicken. Ermüdungsbruch. Knickspannung. Querdehnung. Wärmedehnung. Schiefe Biegung. Rahmenknicken. Deformierung eines gekrümmten Balkens. Sprödbruch. Verformungsbruch.

Der Gewölbekämmerer:
„Siehst du nicht, dass sich das Geld in den Händen des Darlehenskämmerers verflüchtigt wie Äther?"

Der Intendant der Intendanturabteilung machte ein freundliches Gesicht:
„Ich denke, wer hier arbeitet, muss ein gewisses natürliches Interesse für hegende und verwaltende Aufgaben haben."

Die Prägemaschinen wurden von Prägerinnen bedient.
Die Prägerinnen drehten mit einem kleinen Handrädchen einen Buchstaben nach dem anderen nach vorne.

Jeden Morgen bei Öffnung der Pforten füllte sich der Kassensaal mit hohen Würdenträgern. Mit Fürsten, Königen, Kaisern, Majestäten. Mit Ministern, Präsidenten, Kardinälen. Macht. Lähmung. Sieg. Samt, Diamant. Frieden. So verlief jeder Tag.

Die Assistentin des Intendanten:
„Bei mir ist es so, dass ich nicht wirklich weiß, was ich tue, ich weiß nicht, weshalb ich es tue, ich weiß lediglich, dass es auf bestimmte Weise getan werden muss und das ist Grund genug für mich."

Die Prägerinnen:
„Es ist der Architekt, der kommt und entscheidet, wo die Maschinen zu stehen haben, welche Lampen es sein und wie die Stühle aussehen sollen. Dann sind wir es, die versuchen dürfen, alles im Nachhinein zu ändern."

Auf den Schreibtisch stellte sich der Direktor einen kleinen Eiffelturm und eine Farbfotografie seiner Familie. Bald hatten alle Kämmerer eine Farbfotografie ihrer Familie. Aber nur der Direktor hatte einen Eiffelturm.

Ich sagte zu Elin:
„Worauf es ankommt, ist, das Geld festzuhalten."

Der Darlehenskämmerer:
„Hier siehst du. Hier habe ich meinen eigenen Erinnerungskalender, damit ich immer weiß, wann es Zeit ist, ein Geschäftsessen mit diesem oder jenem Kunden zu machen."

Das Servicepersonal von Adrema wartete die Adressiermaschinen. Unterdessen mussten sich die Adressiererinnen gedulden.

Die Adressiererinnen:

„Man kann nichts tun."

Der Hauptschatzmeister:

„Was ist mit meinem Kleiderständer geschehen?"

Der Hausmeister:

„Ich bekam die Weisung, er solle rauf auf die Direktionsetage."

Die Assistentin des Intendanten:

„Einen weiblichen Chef könnte man sich doch auch vorstellen, aber wirklich vernünftig wäre das wahrscheinlich nicht?"

Der Intendant:

„Ich hätte nichts gegen weibliche Chefs, aber es gibt wohl einfach keine Frau, die sich entschlossen hätte, eine solche Position anzustreben."

Die Assistentin des Verwaltungskämmerers:

„Das Personal darf nicht einmal auf Studienreisen gehen. Aber die Chefs machen jeden Sommer bezahlten Urlaub."

Die Intendanturabteilung schlug die Einrichtung eines Kundenbriefkastens vor, welcher den Kunden die Möglichkeit bieten sollte, ihre Formulare auch außerhalb der Öffnungszeiten, ohne Beisein eines Bankangestellten, abzugeben.

Der Verwaltungskämmerer kam in die Bank, heftig torkelnd. Er lallte unzusammenhängend, stotterte und stammelte. Mit der einen Hand hielt er seine Schlüssel in die Höhe, hoch in die Luft. Verzog das Gesicht. Stürzte. Lag auf dem Fußboden des Kassensaales.

Die Erste Kassenprüferin:

„Er ist vermutlich ziemlich angeheitert?"

August. Ich verließ die Bank im Morgengrauen und folgte den Krähen hinaus auf die Felder. Ich sah, wie sie sich mit der Tagesbeute zu ihren Nestern begaben. Ausfallgetreide, Hasenjunge, Wühlmäuse, Insekten, Eidechsen, Schlangen. Zu ihren Nestern in hohen Kiefern. Ihren Nestern aus trockenen Zweigen, Grasbüscheln, Papierfetzen, Leinenlumpen, Kriech-Quecken, Kalbshaar, Schweineborsten, Lehmerde und Moos.

Der Verwaltungskämmerer war so schnell krank geworden. Er hatte sich entschieden, seine Bankschlüssel zurückzugeben. War dann zusammengebrochen. War dann ins Krankenhaus gebracht worden, aber war schon tot.

Die Adressiererinnen:

„Es ist traurig, was mit dem Verwaltungskämmerer passiert ist. Eine Tragödie, mitten in der Bank."

Ich flüsterte dem Gewölbekämmerer zu:

„Hörst du mich jetzt?"

Der Hauptschatzmeister:

„Wenn wir schon kein Jubiläumsabendessen bekommen, sollten wir zumindest eine Personalversammlung abhalten dürfen."

Der Direktor:

„Es gibt einen Warenbrei. Es gibt einen Metallberg. Die Banken sind verantwortlich für den Austausch zwischen beiden."

Die Adressiererinnen:

„Musik während der Arbeit ist gut. Ein paar muntere Melodien hie und da nehmen die Müdigkeit und geben neuen Schwung."

Torsionsfestigkeit. Knickfestigkeit. Biegefestigkeit. Druckfestigkeit. Zugfestigkeit.

Der Direktor:

„Es stimmt, dass ein Wert ausschließlich dann entstehen kann, wenn jemand erklärt, dass es diesen Wert bereits gibt. Aber ein Schätzer darf deshalb nicht glauben, dass der Wert allein durch seine Schätzung entstünde."

September. Elin und ich fingen in der Inkassoabteilung an.

Der Inkassokämmerer:

„Bei uns herrscht amerikanisches Tempo. Den ein oder anderen Tippfehler in Briefen muss man hinnehmen."

Ich ging während meiner Pause umher und sah einen Räuber in die Bank kommen. Er war so betrunken, dass es ihm nicht gelang, sich verständlich zu machen. Das Schalterpersonal begriff nicht, dass er ein Räuber war, und er verließ die Bank unverrichteter Dinge.

Die Adressiererinnen:
„Stechuhren sind gut, denn dann sehen sie, wann man gekommen ist."

Oktober. Der Direktor:
„Jetzt werden endlich die alten Registriermaschinen ausgemistet. Wir lassen eine gesonderte Lochkartenabteilung einrichten."

Elin und ich bekamen eine Tochter.

Die Assistentin des Inkassokämmerers:
„Ich gehe oft heim und heule. Ich spreche nie mit irgendwem über meine Probleme."

Der Hauptschatzmeister:
„Hast du von dem Gewölbekämmerer gehört? Ist das wahr? Dass er irgendwie krank sei?"

Die Assistentin des Verwaltungskämmerers:
„Ich habe einen neuen Verwaltungskämmerer zum Assistieren bekommen."

Der Gewölbekämmerer sagte:
„Bin ich krank? Ich habe ein Sausen in den Ohren. Ich schlage die Hände zusammen und höre es kaum. Alles ist ein Stück weg von mir."

Eine umfangreiche Lieferung von Lochkartenmaschinen. Das Lochkartensystem Powers. Die Lochkartenmaschinen Hollerith.

Verschlimmerte sich der Gehörschaden des Gewölbekämmerers?

Ketten, Seile und Zugstangen wurden an den Mauern der Bank befestigt. Spannten, streckten und zogen. Aber die Bank hielt zusammen.

Der Gewölbekämmerer:
„Sag was. Hast du was gesagt? Habe ich es nicht gehört?"

Die Direktionssekretärin:
„Der Direktor diktiert auf die Diktiermaschine. Das ist gut. Dann kann man abtippen, wann man will."

Der Personalchef machte eine Runde und durchsuchte Schreibtischschubladen nach Spirituosenflaschen. Er wühlte tief in den Schreibtischschubladen des vormaligen Verwaltungskämmerers:
„Nein. Hier liegt nur ein altes, ranziges Käsebrot."

Die Chefputzfrau:
„Jetzt sollen alle Chefs Teppichboden bekommen. Und darauf legen sie dann einen großen Wilton-Teppich. Das ist schwierig zu reinigen."
Die Ordentliche Kassenprüferin:
„Eine Frau wird niemals irgendeinen Teppich bekommen."

Ein Instruktor instruierte die Lochkartenoperatorinnen:

„Die erste Begegnung mit einer neuen Maschine ist oft spannend und interessant."

Der Hausmeister:

„Die Rohrpost funktioniert fast immer. Aber wie funktioniert sie eigentlich?"

Der Gewölbekämmerer:

„Es stimmt nicht, dass ich taub geworden bin. Vielleicht ist mein Hörvermögen auf dem einen Ohr eingeschränkt. Aber ich bin immer noch derselbe."

Die Sicherheitsabteilung der Bank verordnete dem Schalterpersonal einen Eintageskurs zur Schulung des richtigen Verhaltens bei Raubüberfällen. Der Ausbildungschef der Sicherheitsabteilung sagte:

„Tut, was der Räuber sagt, aber langsam. Studiert den Räuber. Versucht, ihn zum Reden zu bringen. Hört ihm zu. Wenn er einen Zettel schreibt, versucht, den Zettel aufzubewahren."

Der Gewölbekämmerer:

„Falls ein Betriebsfest stattfindet, solltet ihr nicht davon ausgehen, dass ich in jedem Falle komme und auftrete. Ich habe vielleicht etwas anderes vor."

Die Erste Kassenprüferin:

„Was sagt er?"

Der Gewölbekämmerer:

„Ihr glaubt nicht, dass ich auftreten kann? Ihr glaubt, ich wäre taub?"

Die Erste Kassenprüferin:
„Man hört nicht, was er sagt."

Die Lochkartenoperatorin:
„Aber wie setzt man die Elektrizität in Gang?"
Der Instruktor:
„Die Maschine wird mit einem Schalter gestartet."

Ich fragte den Sicherheitskämmerer:
„Die Sicherheitsabteilung muss sich gewiss darum bemühen, in jeder Situation gut informiert zu sein?"
Der Sicherheitskämmerer:
„Gut informiert sind allein der Secret Service in London, der Vatikan in Rom und die drei Schweizer Großbanken."

Der Direktor:
„Früher oder später wird man darüber nachdenken, die Bank ins Ausland zu verlegen. In eine größere Stadt. Nach Kairo, Los Angeles, Tokio, Madrid."

Ich fragte den Sicherheitskämmerer:
„Es gibt so viele Kämmerer hier in der Bank. Wie bist du Kämmerer geworden?"
Der Sicherheitskämmerer:
„Früher war es fein, Kassenprüfer oder Korrespondent zu sein. Dann wurde es feiner, Kämmerer zu sein, also mussten alle Kämmerer werden. Aber das war vor allem ein Ehrentitel. Man durfte Kämmerer heißen, anstatt einen höheren Lohn zu beziehen. Eine Zeit lang waren alle damit zufrieden. Aber jetzt wollen alle Kämmerer Direktor werden. Ich zum Beispiel will Direktor der Sicherheitsabteilung werden."

Der Instruktor:

„Die Lochkartenmaschine markiert den Beginn einer neuen Epoche. Die Lochkartenzahlungsanweisung ist bereits eingeführt und der Lochkartenscheck lässt sicher nicht mehr lange auf sich warten."

Unsere Tochter wurde auf den Namen Monica getauft. Ich sagte vor der Taufe:

„Heute ist ein großer Tag. Nicht nur für die kleine Monica, die in ihrer Wiege liegt und kein Wort von all dem versteht, sondern für uns alle zusammen, die wir teilhaben dürfen, wenn ein kleines, neues Menschenleben einen Namen bekommt."

Ich fragte den Kämmerer der Schreibzentrale:

„In der Schreibzentrale kommt es häufig zu Personalwechseln, habe ich gehört?"

Der Kämmerer der Schreibzentrale:

„Da wird viel Puder aufgewirbelt. So viel ist sicher."

Ich:

„Wie meinst du das? Inwiefern?"

Der Kämmerer der Schreibzentrale:

„Es sind jedenfalls die Nasen, die nicht blank bleiben dürfen. Frag nicht mich. Frag die Schreiberinnen."

Der Instruktor:

„Veränderungen bedeuten natürlich für jeden von uns eine gewisse Belastung. Aber man schadet sich doch nur selbst, wenn man so eine Erfahrung größer macht, als sie ist. Habe ich nicht recht?"

Der Darlehenskämmerer:
„Auf die Dauer lässt sich nicht verhindern, dass der Bankrevisor mit seinem Gefolge herkommt."

Der Chef der Schreibzentrale:
„Alle Schreibaufträge gehen erst mal an mich, woraufhin ich den Auftrag an eine geeignete Schreiberin delegiere. Wenn die Arbeit erledigt ist, wird sie bei mir abgeliefert und ich leite sie dem Auftraggeber zu."

Der Instruktor:
„Bedenke, dass du es selbst bist, die den Takt vorgibt. Die Maschine an sich ist sehr hilfreich."

Kräfte bogen und zogen im Gebälk der Bank. Drückten und knickten. Aber die Bank hörte nicht auf, die Bank zu sein.

Die Schreiberinnen:
„Diese Formularkorrespondenz ist sehr ermüdend. Wir wollen richtige Briefe haben."

Elin und ich bekamen einen Sohn.

Der Instruktor:
„Man schlägt doch einen Nagel auch nicht mit der bloßen Hand oder einem Ast in die Wand. An der Lochkartenmaschine muss man einfach Gefallen finden."

Der Erste Kämmerer:

„Der Bankrevisor ist gesichtet worden. Er macht mit seinem Gefolge gerade Rast in einem Gasthaus, nur wenige Kilometer von hier entfernt."

Es stellte sich heraus, dass sich die Schreiberinnen heimlich eine Diktiermaschine von einem Diktiermaschinenverkäufer geliehen und lustige Lieder darauf eingespielt hatten. Der Chef der Schreibzentrale: „Seid froh, dass der Kämmerer nichts davon weiß."

In der Bank wurde das Zentraldiktat eingeführt. Jede Schreiberin erhielt Kopfhörer und ein Wiedergabegerät.

Unser Sohn wurde auf den Namen Henrik getauft.

Die Schreiberinnen:

„Nach Feierabend soll es ordentlich aussehen. Wir breiten die schwarzen Wachstücher über die Maschinen. Kein Papier darf liegen bleiben, der Stuhl muss eingeschoben werden. Wenn die Tücher auf den Maschinen sind, ist die Schreibzentrale geschlossen. Manchmal sitzen wird dann noch ein Weilchen da und plaudern miteinander."

Der Erste Kämmerer:

„Ich habe den Bankrevisor und seine Assistenten und Gehilfen mit bloßem Auge gesehen. Sie sind raschen Schrittes hermaschiert."

Der Bankrevisor:

„Warum hast du das Konsortium Victoria gegründet?"

Der Direktor:

„In der Absicht, durch die Ausgabe von Aktien zwei Millionen Kronen zu beschaffen."

Die Schreiberinnen:

„Dieses Zentraldiktat ist sehr mühselig. Man hat den ganzen Tag Stimmen im Ohr."

Der Bankrevisor:

„Wofür wurden die zwei Millionen aufgewendet?"

Der Direktor:

„Für die Kosten ihrer Beschaffung."

Ich ging hinunter zum Gewölbekämmerer. Er saß in seinem Gewölbe, den Rücken zur Gewölbetür gewandt, und las in seinen Reiseberichten. Ich glaube nicht, dass er merkte, dass ich dastand. Ich glaube, er sang.

Der Bankrevisor:

„Was geht alles in die angeführten Kosten ein?"

Der Direktor:

„Alles Mögliche. Auslandsreisen, elegante Reitpferde, Paraden und Feuerwerke. Schmuck und Kleider für Luxusfrauen. Schnelle Autos, exklusive Schlipse, vergoldete Pendülen und üppige Abendessen."

Dezember. Ich folgte den Krähen im Morgenrot hinaus in die Randbezirke der Stadt. Die Krähen grau und schwarz. Ruß, Asche. Ihre kräftigen Schnäbel. Ihr kraftvoller Flug. Ihr Verlangen, glänzende Gegenstände zu raffen und fortzuschaffen.

Der Bankrevisor:

„Aus den Papieren geht hervor, dass ein und derselbe Kreditnehmer ein Fünftel des gesamten Kreditvolumens der Bank aufgenommen hat. Und dieser Kreditnehmer ist der Vorsitzende des Verwaltungsrates der Bank."

Der Direktor:

„Es ist eigentlich keineswegs lediglich ein Fünftel. Es ist viel mehr, vielleicht ein Viertel oder ein Drittel. Vielleicht die Hälfte oder noch mehr."

Neujahr. Elin und ich wünschten einander ein frohes neues Jahr. Inniglich.

Der Bankrevisor:

„Wie konnten diese Kredite an den Verwaltungsratsvorsitzenden ohne Weiteres bewilligt werden?"

Der Direktor:

„Ich habe Sicherheiten."

Der Bankrevisor:

„Ja, aber wie sicher sind diese Sicherheiten?"

Der Direktor:

„Der Verwaltungsratsvorsitzende hat sie für sicher befunden."

Der Gewölbekämmerer:

„Wir müssen Dämme bauen. Eine Flutwelle wird die Bank erfassen."

Der Bankrevisor:

„Wieso hat der Verwaltungsrat das Vorgehen der Bank gebilligt?"

Der Direktor:

„Mein Verwaltungsrat besteht aus einfältigen Abenteurern und gutgläubigen Nullen, ungefähr hälftig verteilt."

Der Darlehenskämmerer:

„Ein Bankangestellter darf nie mit dem Geld der Bank in der Tasche herumlaufen. Nicht mit dem Geld der Bank in der Tasche sterben, das sähe unvorteilhaft aus."

Der Bankrevisor:

„Wie siehst du die Zukunft der Bank?"

Der Direktor:

„Die Bank wird so oder so in Konkurs gehen. Hier muss gerettet werden, was zu retten ist. Ich bin der Gott, der die Schätze seines eigenen Heiligtums plündert."

Februar. Der Verwaltungsrat der Bank dankte ab. Der Direktor dankte ab. Ein neuer Verwaltungsrat wurde ernannt. Ein neuer Direktor wurde ernannt. Ich trat durch das hohe Portal, kam zu den Tintenfässern, die sachte ihren Geruch abgaben, und ging weiter zum neuen Direktor. Er saß an seinem Schreibtisch, hob den Blick und sah mich reglos dastehen, bereit.

März. Der Hausmeister:

„Ich habe die Porträts wieder ausgewechselt. Der Direktor ist zum ehemaligen Direktor geworden. Und der neue Direktor ist zum Direktor geworden."

April. Der Direktor:

„Die Bank muss sich erneuern. Wir werden ein Nummernzettel-system einführen. Wir werden eine gesonderte Kundenabteilung ein-richten."

Der Direktor:

„Weißt du, wer die bedeutsamste Person in der Bank ist?"

Ich:

„Das muss der Direktor sein?"

Der Direktor:

„Nein. Der Kunde ist die bedeutsamste Person in der Bank."

Der Darlehenskämmerer:

„Man würde sich wünschen, die Kunden könnten sich ihre Schuhe und Stiefel besser abputzen. Sie hinterlassen doch überall auf dem Boden Wasserpfützen."

Der Direktor klärte das Personal auf:

„Der Kunde verursacht keine Unterbrechung unserer Arbeit, viel-mehr ist er das Ziel unserer Arbeit. So wie sich die Bank jetzt zeigt, kann sie auf die eintretenden Kunden ein wenig verschreckend wirken. Aber fortan sollen es die Kunden als angenehm und behaglich emp-finden, uns zu besuchen. Wir müssen dem Kunden ein neues Denken einschärfen. Du und deine Bank. Wir müssen auch selbst für ein neues Denken einstehen. Beispielsweise soll Kundendienst im Personal als etwas Feineres gelten als Backoffice."

Wie stark ist Stahl? Wie stark ist kohlenstofffaserverstärkter Kunststoff?

Alle Kunden wurden zu Kaffee und Kuchen eingeladen. Die Bank eröffnete Traumurlaubskonten. Die Bank veranstaltete ein Bankabendessen, zu welchem die besten Kunden der Bank geladen wurden.

Der Gewölbekämmerer:
„Halte einen Moment meine Hand. Erzähl mir etwas."
Ich:
„Ich kann dir etwas erzählen, das mir in Erinnerung geblieben ist. Etwas von vor langer Zeit. Als ich klein war."

Es war drollig für Elin und mich, Monica und Henrik bei ihren kleinen Aktivitäten zu beobachten. Große Schwester, kleiner Bruder. Sie waren so neugierig und unbekümmert.

Die Erste Kassenprüferin:
„Aber ist es immer so, dass der Kunde ohne Wenn und Aber recht hat?"
Der Direktor:
„Der Kunde ist kein Fremdling oder Feind. Der Kunde ist ein Gast und hat immer recht. Wichtig ist nur, den Kunden dazu zu kriegen, selbst einzusehen, was recht ist."

Elin:
„Die neue elektrische Schreibmaschine hat eine Korrekturtaste. Das erleichtert die Arbeit. Aber es ist schwer, sich daran zu gewöhnen, dass die Abschrift nicht ganz sauber zu sein braucht."

Der Hauptschatzmeister:
„Die Kunden sind unkundig, nachlässig und vergesslich. Sie brin-

gen ihre Sparbücher und Ausweise nicht mit. Sie sind gedankenlos, ungeduldig, unausgeglichen und betrunken. Sie lassen jeglichen guten Willen vermissen und drängeln sich in der Warteschlange vor."

Der Direktor zum Personal:

„Ihr müsst lächeln. Aber nicht nur ab und zu, denn dann seht ihr aus, als müsstet ihr euch das Lächeln unter Schmerzen aus dem Kiefer pressen. Macht es zu einer Gewohnheit. Die Leute mögen fröhliche Menschen."

Der Gewölbekämmerer:

„Gesteinsarten vermengen sich mit der Bank. Bodenarten vermengen sich mit der Bank. Wir sollten warnende Aushänge am Eingang machen."

Die Assistentin des Hauptschatzmeisters:

„Die Kunden bekommen Geschenke. Die Kunden bekommen Kuchen. Die Kunden sind entzückend und bezaubernd. Aber das Personal bekommt sicher niemals ein Betriebsfest."

Pfeiler wurden von außen gegen die Mauern der Bank gesetzt. Wurden gegen sie gestemmt, gepresst. Aber die Mauern der Bank stürzten nicht ein.

Der Darlehenskämmerer:

„Elektrizität in der Schreibmaschine, ist das nicht bloß eine Modeerscheinung?"

Ununterbrochen zahllose Reisende auf dem Weg zu ihren Zielorten. Niemand wusste, wohin der andere wollte, und dennoch kamen alle an.

Der Erste Kämmerer:

„Ich habe Leute wegrationalisiert. Das ist kein Vergnügen."

Die Assistentin des Verwaltungskämmerers:

„Ich komme nicht voran, obwohl ich alle erdenklichen Aus- und Fortbildungskurse absolviert habe. Einen Notariatskurs, einen Verkaufskurs, einen Fondshandelskurs, Depositenrecht, Kassen- und Terminalausbildung. Demnächst betrauen sie mich mit der Verwaltung der Löhne des Landstinges. Aber ich komme trotzdem nicht voran."

Der Darlehenskämmerer:

„Es ist, wie es ist. Frauen über zwanzig sehen in langen Hosen einfach nicht gut aus."

Der Gewölbekämmerer:

„Komm irgendwann einmal vorbei. Ich sitze ganz hinten. In dem stillen Kämmerchen."

Kräfte schnitten und scherten in der Bank. Risse in der Kuppel. Explodierende Dampfkessel. Verformungen. Aber die Bank hörte nicht auf, die Bank zu sein.

Mai. Ich ging während meiner Pause im Kassensaal umher. Ich sah einen Räuber in die Bank kommen. Er verbarg sein Gesicht hinter einem riesigen Strauß Rosen. Er ging zum Schalter und schleuderte den Strauß von sich. Seine Maskierung beschränkte sich auf ein Gebiss des Modells Dracula.

Der Direktor:

„Wir werden einen automatischen Telefondienst einrichten. Eine sogenannte Telebank."

Der Hausmeister sagte mir:

„Nimm dich in Acht, du, der du Krähen so gerne hast. Krähen sind Unglücksvögel."

Der Direktor:

„Der Kundendienst bewältigt nicht alle Klagen der Kunden. Wir brauchen eine gesonderte Reklamationsabteilung."

Der Gewölbekämmerer:

„Ich sehe sie sagen: ‚Hörst du?' Aber ich höre sie nicht. Ich höre nicht? Höre? Höre nicht?"

Juni. Bei Eröffnung der Reklamationsabteilung warteten klagende Kunden. Ich fragte die Kunden:

„Womit seid ihr unzufrieden?"

„Wir sind mit allem unzufrieden. Die Gebühren sind zu hoch. Die Formulare sind schwer zu verstehen. Unsere Konten sind grundlos gesperrt worden. Das Personal ist verlogen. Das Personal kennt die Umrechnungskurse nicht. Wir mögen die Kleidung des Personals nicht. Das Personal weiß nicht einmal, wie man ein Konto eröffnet oder schließt. Es sind nur Aushilfen an den Schaltern."

Der Gewölbekämmerer:

„Ein Mensch besteht doch nicht nur aus seinen Ohren."

Die Bank war drehenden Kräften ausgesetzt. Schraubenden Kräften.
Um die eigene Achse der Bank herum.
   Aber die Bank blieb weiterhin die Bank.

Der Direktor:
   „Ich bin jung und gesund und kräftig. Ich stelle neue, junge, gesunde und kräftige Kassenprüfer und Kämmerer ein."

Der Darlehenskämmerer ging von Fenster zu Fenster und spähte nach dem Bankrevisor und dessen Gefolge von Assistenten und Gehilfen.

Eine Schlange klagender Kunden. Ich bat sie:
   „Nennt mir eure Klagen."
   Die Kunden:
   „Wir zahlen Geld auf unser Sparbuch ein, aber die Kassiererin zieht den Betrag ab. Mit dem Nummernzettelautomaten stimmt etwas nicht. Wieso sollen wir an drei verschiedenen Kassen anstehen, nur weil wir drei verschiedene Anliegen haben? Die Kassiererin tippt die falsche Kontonummer ein und glaubt, wir hätten falsche Angaben gemacht. Die Schlangen sind zu lang. Die ständigen Werbebriefe ärgern uns. Warum muss man einen Nummernzettel ziehen, wenn keine anderen Kunden da sind?"

Der Gewölbekämmerer:
   „Willst du nicht mal runterkommen und mich besuchen? Im Labyrinth, in den Bogengängen, dem Vorhof und der Schnecke."

Die Kunden klagten:

„Wir rutschen auf dem rutschigen Fußboden aus. Die Formulare sind durcheinander und es gibt keine Kugelschreiber zum Schreiben. Die Kreditaufnahmegebühr ist unerhört hoch. Das Nummernzettelsystem überspringt unsere Nummern. Im Restaurant hören wir die Bankangestellten über vertrauliche Angelegenheiten sprechen. Der Kassierer trägt eine Null zu wenig in unsere Sparbücher ein. All die Provisionen, die sie kriegen, machen einen wütend. Minus wird Plus und Plus wird Minus. Wir bekommen unverschämte Briefe mit Zahlungsaufforderungen und gleichzeitig Angebote über neue Kredite. Was soll man da denken?“

Der Gewölbekämmerer:

„Die Bank ist ein Schiff in starkem Wellengang. Alle an Bord sind seekrank, sogar der Darlehenskämmerer und der Verwaltungskämmerer. Nur ich bin nicht seekrank, denn die Bogengänge meiner Ohren sind nicht empfänglich für Reize. Mein Gleichgewichtssinn bleibt unbeeinflusst und ich amüsiere mich über meine wankenden und sich erbrechenden Mitreisenden.“

Der Darlehenskämmerer:

„Nur an einem Schirm zu sitzen und zuzusehen, wie sich die Ziffern ändern. Mehr Geld. Weniger Geld. Mehr Geld.“

Eingestürzte Brücken. Gerissene Aufzugseile. Verbogene Achsen.

Die Assistentin des Verwaltungskämmerers:

„Was erwarten sie? Eine Bank ist doch kein Gasthaus? Eine Bank ist doch nicht irgendein Heim?“

Ich fragte den Direktor:

„Wie ist das mit dem Sparen?"

Der Direktor:

„Sparen mag eine gute Sache sein. Aber eine Bank weiß, dass sich auch jemand Geld leihen muss. Der Darlehensgeschäfte wegen ermuntern wir zum Sparen. Es sind ja die Darlehenszinsen, mit denen die Bank Geld verdient. Willst du dir etwas Geld leihen? Wie viel willst du dir leihen?"

Der Gewölbekämmerer:

„Nehmt euch in Acht vor mir, ihr alle. Der Blinde ist mild und geduldig. Aber wer nicht hört, ist zornig und misstrauisch. Das Wetter ist unwirtlich. Der Himmel ist düster. Die Welt ist betrübt."

August. Der Direktor:

„Wir werden zwei Kundenkategorien einführen. Für die eine Kategorie wird es ein wenig teurer. Sie bekommen keine Extras. Aber wir geben ihnen das Gefühl, dass sie der ersten Kategorie angehören."

Ich:

„Wollen sie dafür bezahlen?"

Der Direktor:

„Genau dafür wollen sie bezahlen."

Die Assistentin des Hauptschatzmeisters:

„Immerzu kommen Kunden und behaupten völligen Unfug. Es ist zu ihrem eigenen Besten, wenn wir mit Nachdruck versuchen, ein klares Bild des wirklichen Sachverhaltes zu vermitteln."

Der Direktor:

„Niemand hat jemals einen Streit mit einem Kunden gewonnen."

Der Verwaltungskämmerer:

„Jetzt kommen ja bald Computer. Was das für mich bedeutet, weiß ich nicht."

Der Gewölbekämmerer fragte mich:

„Ist das nicht lustig?"

Ich:

„Was ist lustig?"

Er:

„Dass einer von uns beiden länger leben wird als der andere. Und niemand kann daran etwas ändern."

Der Direktor:

„Wir müssen schlanker werden. Wir müssen Teile des Bankgebäudes an ein Reisebüro vermieten. An eine Werbeagentur. An einen Lebensmittelmarkt. An ein Großkino."

Ich sagte zu Monica und Henrik:

„Stellt euch vor, als ihr getauft wurdet, passtet ihr beinahe in meine Hand."

Die Bank war wechselnden Belastungen aus wechselnden Richtungen ausgesetzt. Wurde ihre Streckgrenze erreicht? Nein. Die Bank hielt zusammen.

Oktober. Der Direktor:

„Wir müssen daran denken, unseren treuesten und besten Kunden vor Weihnachten Geschenke zu machen."

Ich:

„Etwas, das wertvoll ist, aber nicht zu teuer für die Bank?"

Der Direktor:

„Nein, ganz im Gegenteil, etwas, das kostspielig ist, aber gleichzeitig keinen wirklichen Wert hat. Ein gutes Geschenk braucht keinen ökonomischen Wert für den Empfänger zu haben. Das würde wie Beistand oder Wohltätigkeit wirken. Blumen, Schokolade und Parfüm sind Beispiele für gute Geschenke. Das beste Geschenk ist etwas völlig Wertloses, das für den Geber ein ökonomisches Opfer bedeutet hat. Das Geschenk soll sich schnell verflüchtigen."

Der Hauptschatzmeister:

„Nächsten Monat nehme ich als Fachvertreter einen der Plätze im Verwaltungsrat der Bank ein. Das wird eine Herausforderung."

November. Elin:

„Oft denken die Leute, wenn sie eine Bank betreten, dass die meisten, die dort arbeiten, bloß dasitzen und Stunde um Stunde Däumchen drehen. Manche fragen mich, wie in Gottes Namen das Personal einen ganzen Arbeitstag herumbringen könne. Aber wenn man genauer hinguckt, sieht man, dass die Angestellten immer mit irgendetwas beschäftigt sind. Tatsächlich kommt es selten vor, dass jemand auch nur eine einzige freie Minute hat."

Was machte der Gewölbekämmerer? Der Gewölbekämmerer starb.

Der Direktor:

„Ein treuer Mitarbeiter hat uns verlassen."

Die Assistentin des Hauptschatzmeisters:

„Die Kunden sind verdrießlich. Wir versuchen, eine heitere und muntere Atmosphäre in der Bank zu erzeugen, aber von den Kunden bekommt man nur grimmige Mienen zurück."

Der Direktor:

„Ein Kunde ist niemand, mit dem man um Gewitztheit wetteifert."

Der Direktor:

„Es ist eine solche Schufterei zurzeit. Anrufe vom Wochenjournal, das ein Treffen für ein Interview im Rahmen der Artikelserie *Junge Löwen* vereinbaren will. Mittagessen mit dem Kleinen Prognoseclub. Abendessen mit Dagens Nyheter. Vernissage des Kunstvereins."

Wurde die Bruchgrenze der Bank erreicht? Nein, die Bank bestand weiter.

Der Direktor drückte die Augen des Gewölbekämmerers mit einer Münze zu. Legte eine Münze auf jedes Lid. Ließ die Münzen dort liegen und lasten.

„Es sähe garstig aus, wenn der Tote daläge und uns verstohlen anblicken würde."

Der Direktor legte eine Münze in die Hand des Toten.

„Das ist Reisegeld."

Dezember. Was machte der Hausmeister? Der Hausmeister stellte Fotokopiergeräte in den Abteilungen der Bank auf.

Elin sagte:

„Alles geht immer weiter. Mir gefällt, dass es weitergeht."

Der Hauptschatzmeister:
„Jetzt bin ich es also, dem die ganze Verantwortung für die Entsorgung der Lochkarten aufgebürdet worden ist."

Der Direktor:
„Denkt daran, dass ihr vom Schalterpersonal die Repräsentanten der Bank seid. Wenn die Kunden an die Bank denken, denken sie an euch."

Neujahr. Die Direktionssekretärin schickte allen Angestellten der Bank einen Brief mit Wünschen für ein frohes neues Jahr.

Kalter Januar. Schnee. Elin und ich sahen eine Krähe gerne bei der anderen sitzen.

Februar.

März. Was machten wir? Wir gingen umher und betrachteten das Personal.

April.

Mai. Elin fragte mich:
„Was denkst du?"
Ich:
„Alles Mögliche. Dass wir es gut haben."

Juni. Sonntag. Sonne. Ausflug in den Park. Wir fanden einen guten Platz und breiteten unsere Decke im Gras aus. Monica, Henrik, Elin und ich. Eine Thermoskanne mit Kaffee. Saft und Zimtschnecken. Elin las ein wenig in einer Zeitschrift. Monica und Henrik spielten ein Stück abseits.

Ich streckte mich aus, schloss die Augen und lauschte. Eine Seite in Elins Zeitschrift, die umgeblättert wurde. Monicas und Henriks Lachen. All die Bälle. All die Hunde. All die Familien auf all ihren Decken um uns herum im Gras.

Was machte Elin? Sie las ein wenig in ihrer Zeitschrift. Was machten Monica und Henrik? Sie spielten ein Stück abseits.